宋词三百首

[清] 上彊村民·编选
吴兆基·注译

插图精译

陕西新华出版 三秦出版社

图书在版编目（CIP）数据

宋词三百首 /（清）上彊村民编选 ；吴兆基注译
. -- 西安 ：三秦出版社，2008.01（2024.1 重印）
（国学百部经典丛书）
ISBN 978-7-80628-768-2

Ⅰ. ①宋… Ⅱ. ①上… ②吴… Ⅲ. ①宋词－选集
Ⅳ. ① I222.844

中国版本图书馆 CIP 数据核字（2007）第 188788 号

书　　名　宋词三百首
作　　者　[清] 上彊村民 编选　吴兆基 注译
责　　编　马静怡
封面设计　新华智品

出版发行　三秦出版社
社　　址　西安市雁塔区曲江新区登高路 1388 号
电　　话　（029）81205236
邮政编码　710061
印　　刷　北京一鑫印务有限责任公司
开　　本　680×1020　1/16
印　　张　9
字　　数　140 千字
版　　次　2008 年 4 月第 2 版
印　　次　2024 年 1 月第 2 次印刷
标准书号　ISBN 978-7-80628-768-2

定　　价　39.80 元
网　　址　http://www.sqcbs.cn

前　言

宋词，与唐诗并举，堪称“一代之文学”。宋词无论是在艺术形式上，还是在思想内容上都为广大人民群众所喜好，因而世代流传、经久不衰。词，兴于唐而盛于宋，是一种可以配乐歌唱的新体抒情诗。它集抑扬顿挫的音乐、错综复杂的韵律、长短参差的句式和真切感人的情性于一身，很快成为一种深受人们喜爱的文学样式，亦是有宋一代的代表文学样式。词以宋称，足以说明它在文学史上的重要地位。

宋词的发展与国势的变化密切相关。开国初期，国家尚未统一，经济也刚刚恢复，词坛还不活跃。经过半个多世纪的休养生息，经济日趋繁荣，社会也相对安定，于是一批批新人相继登上舞台。词也正在这时有了新的发展。以晏殊、欧阳修为代表的小令，词风虽受冯延巳、李煜的显著影响，却不像后者那样渗透了感伤的情绪，基调是从容自在和比较明朗的。真正给宋词带来根本性变化的是柳永的慢词创作。他创造性的艺术初衷，为宋词的发展开辟了新的阶段，对后世有着广泛而深刻的影响。苏轼的《东坡乐府》是宋词发展中又一座重要的里程碑。他的《东坡乐府》以黄钟大吕式的巨响，冲击着这莺娇燕昵的词林，他纵横开阖的巨笔，直接扩大了词的歌咏范围，不仅延长了词的生命力，并使其获得了新的发展，词风也大为扭转，变为慷慨激昂，在婉约之外另树一帜。紧接着“天马不羁”的苏轼之后，出现了以周邦彦为代表的格律词派。他的词作格律精严，风致醇雅，被称为婉约派的典范。在北宋末期登上词坛的，还有杰出的女词人李清照。她能于“苏豪”、“柳俗”与“周律”之外别树一帜。她善于提炼口语，清新雅洁，明白如话，生活气息很浓，而又绝不粗俗，这就是有名的“易安体”。靖康事变，不仅根本改变了国家的命运，而且也使词坛的面貌为之改变，首先拿起词笔进行战斗的，是李纲、胡铨等坚持抗金的志士。稍后一点的辛弃疾则是这方面杰出代表，贯穿于其词中的基本思想就是恢复中原、统一祖国的坚强信念。辛词气势磅礴、风格遒劲，充满着战斗的激情与浪漫主义的色彩，是宋词中极可珍贵的部分。同辛弃疾一起的，还有张孝祥、韩元吉、陆游等。他们的词密切反映现实斗争，闪耀着爱国主义的光辉，构成了南宋词坛的主流。

宋词以其完美的艺术形式与唐诗、元曲相互辉映，同为我国古代文苑中的三株奇葩，几百年来一直吸引着广大的读者，许多名篇名句家喻户晓，脍炙人口。清代人上彊村民选注的《宋词三百首》，正是宋词爱好者备受青睐的优秀版本，多少伟人英雄谈之以言志；达官贵族诵之以怡情；家家户户持之以教儿童。

上彊村民，原名朱孝臧，字古微，归安(今浙江吴兴)人，因祖居埭溪在上彊山麓，自号彊村。是清代著名词人及词学专家，所编《宋词三百首》“为小阮逸馨诵习之资；大要求之体格、神致，以浑成为主旨”，宋词名家的代表作均有收录，是迄今宋词最好的选本。

限于篇幅，本书从《宋词三百首》中遴选了代表各种风格的优秀作品100多首，这些词作既散发着浓郁的艺术魅力，也从不同角度展示了宋朝社会的时代特色和生活风貌。除原作外，另附有注释、译文、赏析，并对作品配以精美插图，使得词情与画意相得益彰，辉映成趣。此外本书版式设计考究，双色印刷，装帧精美，相信会受到读者喜欢。

编　者

2013年6月

目录

宴山亭

北行见杏花

赵 佶

裁剪冰绡[1]，轻叠数重，淡著燕脂匀注[2]。新样靓妆[3]，艳溢香融，羞杀蕊珠宫女[4]。易得凋零[5]，更多少、无情风雨?愁苦!问院落凄凉，几番春暮?

凭寄离恨重重[6]，这双燕何曾，会人言语?天遥地远，万水千山，知它故宫何处?怎不思量，除梦里、有时曾去。无据，和梦也、新来不做[7]。

【注释】

〔1〕冰绡：绡，生丝织成的薄绸。冰绡，洁白的生丝绸。

〔2〕著（zhuó）：“着”的本字。附着、涂上的意思。燕脂：即“胭脂”。

〔3〕靓（jìng）妆：以脂粉妆饰。

〔4〕蕊珠宫：装饰有花蕊珠玉的宫殿，指仙宫。

〔5〕易得：容易。

〔6〕凭寄：寄托。

〔7〕无据：不足依凭，无所依据。新来：近来。

【译文】

仿佛洁白素丝裁剪的杰作，那轻盈的重重叠叠的花瓣，如淡淡的胭脂色晕染均匀。样式和妆束新颖并且美丽，艳色灼灼伴随着香气融融，仙女见到她也会无地自容。娇艳的花朵容易凋落飘零，又有许多不懂怜香的风雨？院落中一片凄清令人伤心，不知经过几番几次的暮春？凭谁来寄托这重重的离恨，这双燕又怎理解人的语言？天遥地远而已过万水千山，又哪里知道故宫此时情形？怎么能够不让人深深思量，但也只有在梦里才能相逢。无依凭地近来难梦到过去。

【赏析】

公元1127年，赵佶父子双双被敌国所俘，蒙受奇耻大辱。在被掳往北方五国城途中，见到如火如荼的杏花，百感交集，写下了这首如诉如泣的词。

全词所写即李煜《虞美人》词："雕栏玉砌应犹在，只是朱颜改"，"故国不堪回首"之意。上片摹写杏花以寄意。"裁剪"三句写杏花之花质冰洁如白绸剪裁，花瓣簇绽轻柔重叠，花色淡雅似胭脂匀染。"新样"三句则以拟人化手法将杏花比喻为梳妆一新，艳香流融的美女，直令天界蕊珠宫仙女为之羞惭汗颜。这两层文辞传写出杏花的形俊神逸，淡雅而香艳之美。"易得"五句感叹杏花命运之凄凉：一叹杏花易开放亦易凋零；二叹暮春时无情风雨之摧残；三叹落花风雨弄得院落一片凄凉；四叹杏花还将经受"几番春暮"之凄凉。四层转进，愈转愈深，愈深愈痛，而以"愁苦"二字深致哀感，以"杏花"隐喻词人自身命运，于惜花怜花之中寄托自惜自怜之情。下片写怀思故宫之离恨，亦是四层转进。一是欲借双燕寄托离恨，然而"双燕"不会人的言语，亦属徒然；二是身为敌囚，天遥地远，欲见故宫而不可得；三是思念故宫繁华，却只能在梦里归返故宫，虚幻无凭；四是新近竟连虚无凭据的梦也做不成。层层撇弃，层层落空，感叹伤怀，泣诉难堪，写出词人亡国成为阶下囚的痛苦与绝望。全词托物咏怀，抒写故国沦亡之悲慨，幽咽委曲，伤感无奈，词人从期望到失望，由失望到绝望，令人肝肠寸断。

木兰花

钱惟演

城上风光莺语乱，城下烟波春拍岸。绿杨芳草几时休?泪眼愁肠先已断。　情怀渐觉成衰晚，鸾镜朱颜惊暗换[1]。昔年多病厌芳尊，今日芳尊惟恐浅。

【注释】

〔1〕鸾镜：指镜子。传说晋时有人 抓到一只鸾鸟，闭口不鸣，直到见镜子才出声，后便称镜子为鸾镜。

【译文】

城墙上到处是莺声鸟语，城墙下春水拍打着堤岸。绿杨衬芳草美景何时休？愁肠百转而且泪眼凄迷，感觉自己渐渐意志萎靡，吃惊镜中容颜迅速变老。往年多病而且厌烦饮酒，如今却怕杯中酒斟不满。

【赏析】

此词是作者晚年遣怀所作，此后不久作者即离开人世。作者一生仕宦显达，晚年被贬外放，自觉政治生命与人生旅途都到了尽头，因作此词，借悼惜春光抒发他无限的迟暮之悲。词中用清丽的语言描绘了春声、春色，首句的“乱”字用得极好，将春景渲染得生动热闹饶有生趣，而群莺乱啼已是暮春天气，这里也暗含春光将尽之意。作者又用明丽的景色来反衬自己凄黯的心情，以及对于时光飞逝、生命无多的感伤。末两句以借酒浇愁来表现他无可奈何的心境，又隐约地显示了他对生命的留恋，尤其传神。整首词情调极其凄婉。

渔家傲

范仲淹

塞下秋来风景异〔1〕，衡阳雁去无留意〔2〕。四面边声连角起〔3〕。千嶂里〔4〕，长烟落日孤城闭。

浊酒一杯家万里〔5〕，燕然未勒归无计〔6〕。羌管悠悠霜满地〔7〕。人不寐，将军白发征夫泪。

【注释】

〔1〕塞下：边地的关口，这里指西北边疆。

〔2〕衡阳句：衡阳雁，指南归之雁。衡阳，地名，在今湖南省，相传衡阳旧城南有回雁峰，北雁南飞到此即止。

〔3〕边声：李陵《答苏武书》：“边声四起。晨坐听之，不觉泪下。”这里指边境上各种令人心惊的风沙声，马鸣声，胡笳声。

〔4〕千嶂：指重叠连绵的山峰。

〔5〕浊酒：杜甫《登高》：“潦倒新停浊酒杯。”浊酒，古人以米酿酒，乳白色，故称之为“浊酒”。

〔6〕燕然：山名，即今蒙古人民共和国境内的杭爱山。《后汉书·窦融列传》记载，窦宪追击北匈奴至此，刻石记功而还。

〔7〕羌管悠悠：声音悠扬的羌人之笛。

【译文】

塞下的风景秋来格外凄凉，南去衡阳的大雁毫无眷恋。各种声音混着在四面响起。峰峦重叠着逶迤绵延千里，暮霭笼罩紧紧关闭的孤城。请远离家乡的人喝杯浊酒，因战争未止所以归期未定。羌笛悠扬且寒霜布满大地。战士们都因为想家而失眠，白头将军和士兵流下泪水。

【赏析】

此词别本题作“秋思”。范仲淹于宋仁宗康定元年(1040年)，任陕西经略副使兼知延州(治所在今陕西延安市)，守边四年。

本词上片从听觉、视觉两方面写足了边地秋天景象。

下片抒情，表达了边地将士破敌立功的决心与思念家乡的矛盾心情，苍凉激切。“羌管悠悠霜满地”绘军中月夜之景，景中含情，极富典型意义。

此篇词境开阔，格调悲壮，一改宋初吟风弄月、男欢女爱的词风，似一股清劲的雄风，对以后的词风革新产生了积极影响，是一首难得的佳作。

苏幕遮

范仲淹

碧云天，黄叶地，秋色连波，波上寒烟翠。山映斜阳天接水。芳草无情，更在斜阳外。　黯乡魂[1]，追旅思[2]。夜夜除非，好梦留人睡。明月楼高休独倚，酒入愁肠，化作相思泪。

【注释】

〔1〕黯乡魂：黯，沮丧愁苦，黯乡魂指思乡之愁苦令人黯然销魂。

〔2〕追旅思（sì）：追，追缠不休。旅思，羁旅的愁思。

【译文】

天是碧蓝碧蓝的碧云天，地是落满枯叶的黄叶地，一望无际的秋色到水边，水波上弥漫着绿色寒烟。斜阳映照秋山水天一色。芳草不理秋来依旧芳香，一直开放到斜阳的外面。思乡的心魂黯淡且忧郁，纠缠着羁旅他乡的愁绪。除非每天夜里都有好梦，才会换得一时片刻安睡。莫在月明之夜独登寒楼，想借酒一舒愁苦的回肠，酒入愁肠也化成相思泪。

【赏析】

这首诗又名《别恨》或《怀旧》，抒写作者秋天思乡怀人的感情。上片用多彩的画笔绘出绚丽、高远的秋景，意境开阔。“碧云天，黄叶地”为传诵名句。词的下片表达客思乡愁带给作者的困扰，缠绵婉曲。

千 秋 岁

张 先

数声鶗鴂，又报芳菲歇[1]。惜春更选残红折，雨轻风色暴，梅子青时节。永丰柳，无人尽日花飞雪。

莫把幺弦拨[2]，怨极弦能说。天不老，情难绝，心似双丝网，中有千千结。夜过也，东窗未白孤灯灭。

【注释】

〔1〕鶗鴂：亦作“鹈鴃”，鸟名，即杜鹃鸟。

〔2〕幺弦：琵琶的第四根弦，因其最细，亦称危弦。

【译文】

杜鹃的悲啼预示芳草即将凋谢。因怜惜春光特意采撷几枝残红，细雨轻柔惟独只有风很暴厉，正是在梅子发青时节。可叹永丰的绿柳，整日柳絮飘花似飞雪却无人赏。请不要再把危弦一次次地弹拨，哀怨到了极端那危弦也会诉说。天不会老而且这情意也难断绝，心儿像双根的丝缕一般织成网，其中又有多少千千万万的纽结。熬过了这个漫长的春天的夜晚，东窗未见曙光但是那孤灯已灭。

【赏析】

《千秋岁》，又名《千秋节》。这首词抒写作者惜花伤春的情怀，同时暗寓相思之意。上片织入杜鹃悲啼、花残、雨轻、风狂、梅青、人静、絮飞种种景象，造成浓重的、令人感伤欲绝的氛围，逼出下片满腔幽怨的倾诉。“天不老，情难绝”反用李贺《金铜仙人辞汉歌》“天若有情天亦老”诗句，以天的无情反衬作者对情的忠贞、执著。词中用双丝网比喻愁心千结。

醉垂鞭

张 先

双蝶绣罗裙，东池宴，初相见。朱粉不深匀，闲花淡淡春。 细看诸处好，人人道，柳腰身。昨日乱山昏，来时衣上云。

【译文】

成双的彩蝶儿绣上罗裙，东池宴上我们初次相见。胭脂和铅粉浅敷且搽匀，悠闲花枝透出淡淡芳春。细细端详她处处都娇美，人人都称道她如柳腰身。昨日觉得乱山昏暗朦胧，原来是罗衣漫起了烟云。

【赏析】

这首词是酒筵赠伎之作。首先描绘歌舞伎的容颜：略施朱粉，淡妆素雅，仿佛如春意淡淡中开放的一朵平常小花，给人以一种清新淡雅的感觉；如果说“朱粉不深匀，闲花淡淡春”描绘的是“色(容颜)”，那么接下来画“姿”：“细看诸处好”是个人观点，恐有过誉之辞，而“人人道，柳腰身”却是大家公认的；但姣好的容颜在众伎中不足为奇，所以作者着力突出的是这位美女的“神”：其气质风韵犹如乱山昏暝时乘风云翩翩飘飞而来的仙子，到人间时衣上还依稀飘溢缕缕仙云。张先示人美感如同给人美酒，让人先尝，然后慢慢品味，于不知不觉间陶醉在不尽的美的享受之中。

天仙子

时为嘉禾小倅，以病眠，不赴府会。

张 先

《水调》数声持酒听，午醉醒来愁未醒。送春春去几时回？临晚镜，伤流景，往事后期空记省。

沙上并禽池上暝，云破月来花弄影。重重帘幕密遮灯，风不定，人初静，明日落红应满径。

【译文】

端着酒杯品听水调乐曲，酒醉午睡醒来愁意未去。送春归去何时再次回来？傍晚独照镜更感伤年华，留待在以后回忆和反省。水池暗时鸳禽双栖沙滩，云散月出时花枝在摇曳。层层帘幕遮住那盏小灯，风声未定之时人声初静，明天落花定会铺满小径。

【赏析】

这首词是张先佳作，也是宋词名作。此词内容平泛，描写作者在嘉禾做小官时的平庸生活。作者以病眠为由不赴府会，自在家饮酒聆歌：午醉虽醒，却伤春归去，愁怀难解；晚暮对镜中衰影，回忆往昔，哀伤流年一去不返。词旨不出伤春叹时之囿，但语言精妙婉丽，尤其“云破月来花弄影”一句，广为流传，深被称道。

青门引

张先

乍暖还轻冷[1]，风雨晚来方定。庭轩寂寞近清明，残花中酒[2]，又是去年病。　楼头画角风吹醒[3]，入夜重门静。那堪更被明月，隔墙送过秋千影。

【注释】

〔1〕乍：初，刚。

〔2〕中（zhòng）酒：醉酒。

〔3〕画角：古乐器。形如竹筒，本细末大，以竹木或皮为之，亦有用铜者。因外加彩绘，故称画角。发声哀厉高亢，古时军中多用以警昏晓，振士气。帝王外出，亦用以报警戒严。

【译文】

刚刚转暖还带着一丝寒意，凄风冷雨到傍晚方才消停。庭院寂寞且时节已近清明，因痛惜残花借酒浇愁到醉，这又是去年时种下的旧病。楼头画角声和风把我惊醒，夜已深重门闭锁万籁寂静。更哪堪忍受那溶溶的月光，隔墙有少女荡秋千的清影。

【赏析】

这首词又题作“怀旧”，抒发了残春时节作者萧索落寞的情怀。词中写出从风雨初定的黄昏直到月明之夜，孤独的作者触景伤心的种种感受。用字非常新警，如“楼头画角风吹醒”句，“醒”字极尖利，给人触目惊心之感。“哪堪更被明月，隔墙送过秋千影。”与“云破月来花弄影”和《栏花》中的“无数杨花过无影”合称“三影”，同为名句，系描神之笔，它不实写荡秋千的人，而借秋千影来显示他人对春残花落的无知无感和作者的多情善感，以他人之乐衬己之悲，意味隽永。表达作者孤栖无奈的悲凉心情。

浣溪沙

晏殊

一曲新词酒一杯，去年天气旧亭台，夕阳西下几时回？　无可奈何花落去，似曾相识燕归来，小园香径独徘徊。

【译文】

填曲新词品尝一杯美酒，时令气候亭台池榭依旧，西下的夕阳几时才回转？无可奈何中百花再残落，似曾相识的春燕又归来，独自在花香小径里徘徊。

【赏析】

本词为晏殊的名篇之一，为暮春伤怀之作。抒写悼惜春残花落，好景不常的愁怀，又暗寓相思离别之情。语意十分蕴藉含蓄，通篇无一字正面表现思情别绪，读者却能从“去年天气旧亭台”、“燕归来”、“独徘徊”等句，领会到作者对景物依旧、人事全非的暗示和深深的叹恨。词中“无可奈何花落去”一联工巧而流丽，风韵天然，向称名句。

清　平　乐

晏　殊

红笺小字，说尽平生意。鸿雁在云鱼在水，惆怅此情难寄。　　斜阳独倚西楼，遥山恰对帘钩。人面不知何处，绿波依旧东流。

【译文】

精美的红格信笺写满密密小字，说的都是我平生对你的爱慕之情。鸿雁飞翔云端鱼儿游戏水里，这番满腹惆怅的情意难以传寄。在斜阳里我独自一人倚着西楼，遥远的群山恰好正对窗上帘钩。桃花般的人面不知到何处去了，惟有碧波绿水依旧向东方流去。

【赏析】

本篇为念远怀人之词。这首词上片抒写作者的一片深情，以及此情难寄的惆怅，语意恳挚；下片前两句显示主人公的孤独寂寞，含蓄有致，“遥山恰对帘钩”暗示心上人未至，帘钩闲挂，惟远山与自己相伴的苦况。末二句点明相思之意，“绿波依旧东流”，一则说明只有景物依旧，同时又以潺潺不绝的流水比喻自己对爱人绵绵不绝的情意。

清　平　乐

晏　殊

金风细细〔1〕，叶叶梧桐坠。绿酒初尝人易醉，一枕小窗浓睡。　　紫薇朱槿花残〔2〕，斜阳却照阑干。双燕欲归时节，银屏昨夜微寒〔3〕。

【注释】

〔1〕金风：秋风，古代以阴阳五行解释季节更替，秋属金，故称秋风为金风。

〔2〕紫薇：花名，亦称紫葳，凌霄花的别名。朱槿，花名，即扶桑。

〔3〕银屏：镶银或银色的屏风，借指华美的居室。

【译文】

微微的秋风正在细细吹拂，梧桐树叶正在轻飘飘坠下。初尝香醇绿酒便让人陶醉，在小窗之前一枕酣眠浓睡。紫薇和朱槿在秋寒里凋残，只有夕阳映照着楼阁栏干。双燕到了将要南归的季节，镶银箔的屏风昨夜已微寒。

【赏析】

这首小词抒发初秋时节淡淡的哀愁，语意极含蕴、遣词造句极有分寸，作者只从景物的变易和主人公细微的感觉着笔，而不正面写情，读来却使人品味到句句寓情、字字含愁。语言清丽，风调和婉。

木 兰 花

晏 殊

池塘水绿风微暖，记得玉真初见面[1]。重头歌韵响琤琮[2]，入破舞腰红乱旋[3]。 玉钩阑下香阶畔，醉后不知斜日晚。当时共我赏花人，点检如今无一半。

【注释】

〔1〕玉真：谓仙人，此处借指佳人。

〔2〕重（chóng）头句：重头，词中上下片节拍完全相同者，曲中前后数首重同一调者，皆曰重头。 琮：玉石碰击声。此处借喻歌声。

〔3〕入破：唐宋大曲的专用语。大曲每套有十余遍，归入散序、中序、破三大段。入破即为“破”这一段的第一遍。

【译文】

池塘绿波荡漾且春风和煦温暖，仍记得我初次见你芳容的情景。你那甜美嗓音和歌声荡人心魂，急促的舞曲中只见飘动的红裙。窗帘已挂我睡在栏下台阶之上，醉后不知道红日西斜天色已晚。当时与我共同赏花的那些人，盘算起来剩下的还不到一半啊。

【赏析】

本篇为追怀旧日生活之作。此词写作者在风暖水绿的池塘旧地回忆往昔初见美人欢歌漫舞的情况，而今却是时过境迁，当是赏花行乐的人也大半作古，前后对比，显出人生如梦、好景不长的悲感。全词始欢终哀，尤其最后二句，读来令人恻然心酸。

木 兰 花

晏 殊

绿杨芳草长亭路，年少抛人容易去。楼头残梦五更钟，花底离愁三月雨。　　无情不似多情苦，一寸还成千万缕[1]。天涯地角有穷时，只有相思无尽处。

【注释】

〔1〕一寸：即寸心，区区之心。

【译文】

绿杨垂柳芳草萋萋长亭路漫漫，年少的情侣轻易抛下情人远去。楼头的钟声惊醒了五更的残梦，心头离愁像洒在花底三月春雨。无情人毕竟不像多情人般痛苦，一片芳心因情而变成千丝万缕。天涯地角也有穷尽终了那一天，只有相思的情意而没有穷绝处。

【赏析】

这首词描写一位女子的离愁别恨和相思之情。词中句句是对情人的怨，语意却极柔婉，饱含着无限的爱与思念，黄了翁《蓼园词选》说：“‘楼头’二语，意致凄然，挈起多情苦来。末二句总见多情之苦耳，妙在意思忠厚，无怨怼口角。”

踏莎行

晏　殊

小径红稀[1]，芳郊绿遍，高台树色阴阴见[2]。春风不解禁杨花[3]，濛濛乱扑行人面[4]。　翠叶藏莺，朱帘隔燕，炉香静逐游丝转[5]。一场愁梦酒醒时，斜阳却照深深院[6]。

【注释】

〔1〕红稀：红花凋落稀疏。

〔2〕阴阴：暗暗。见（xiàn）：显现。

〔3〕解：知道、懂得。

〔4〕濛濛：形容细雨濛濛，此处形容柳絮纷纷如细雨。

〔5〕游丝：蜘蛛、青虫所吐之细丝飘游于空中。

〔6〕却：正。

【译文】

暮春的小路上残花都稀稀疏疏，芳草把荒郊野外全都给染绿了，高耸楼台在树荫里隐隐显现。春风也不知道约束一下那杨花，吹得飞絮纷纷扑打在行人脸上。翠绿的叶丛隐藏着啼啭的黄莺，红色的窗帘把燕子隔在了外边，袅袅炉香静静地追逐游丝旋转。做了一场愁梦后到了酒醒时刻，只见斜阳正照着那深深的庭院。

【赏析】

本篇为暮春伤逝抒愁之作。这首词，上片写暮春景色，抒发了作者心中淡淡的愁怨。而下片写翠叶藏莺，朱帘隔燕，写静香游丝，写斜阳深院，完全是为描写内心深处的愁怨作铺垫，起到了一种静寂中闲愁更加悒郁深远的烘托作用。全词语言清丽幽雅，毫不雕琢，却神情俱得，精微有致。如“翠叶藏莺，朱帘隔燕”二句，寓动于静；“炉香静逐游丝转”一句，动中更觉寂静，在这一派寂静中，透现出幽淡的愁思和哀情来；而“斜阳”一句，如同前首“斜阳只送平波远”一样，传神地描写了主人公深怀不露的怨愁。

凤箫吟

韩 缜

锁离愁连绵无际，来时陌上初熏[1]，绣帏人念远，暗垂珠露，泣送征轮[2]。长行长在眼，更重重、远水孤云。但望极、楼高尽日，目断王孙[3]。

消魂，池塘别后，曾行处，绿妒轻裙。恁时携素手[4]，乱花飞絮里，缓步香茵[5]。朱颜空自改，向年年、芳意长新。遍绿野、嬉游醉眼，莫负青春。

【注释】

〔1〕初熏：香味才现，熏，同薰，花草的香味。

〔2〕征轮：出行的车仗。

〔3〕王孙：此处指代芳草。

〔4〕恁时：那时或什么时候。

〔5〕香茵：形容草如地毯。茵：泛指铺垫用的东西。

【译文】

芳草像紧锁的离愁一样绵延无际，沿着田间小路散发着新绿的芬芳，闺阁中的她感伤着远行的别离，泪水暗流就像草上的晶莹露珠，抽泣着送别了远行的车仗。长长的征途上芳草遍布触目伤心，山水重重我多像孤云一片。登上高楼她终日极目四望，映入眼帘的只有无尽的芳草。

多么伤感啊，我们曾多次盘桓的池塘边上，恐怕在离别之后，只有芳草和你的罗裙争比绿意了。什么时候才能再拉着你的手儿，在姹紫嫣红柳絮纷飞的春日里，漫步在飘香的芳草绿茵上。娇美的容颜在离别中空自改变，芳草却年年长绿长新。多希望能忘情地嬉戏游玩在这无尽的芳草绿地里，不再辜负这大好的青春时光。

【赏析】

以芳草写怀远抒离愁并不罕见，但通篇以草起笔，以草结笔，且并不见一草字，却实在少有。以致此词之后，人们竟将原词牌换为芳草二字，可见影响之大。细读全词，无论时空转换，柔情蜜意，伤远离别，青春悲切，全都以芳草传出，且淋漓尽致而不带丝毫牵强。不愧为以物传情的佳妙之作。

木　兰　花

宋　祁

东城渐觉风光好，縠皱波纹迎客棹[1]。绿杨烟外晓云轻，红杏枝头春意闹[2]。　浮生长恨欢娱少，肯爱千金轻一笑[3]？为君持酒劝斜阳，且向花间留晚照。

【注释】

〔1〕縠（hú）皱波纹句：縠，皱纱。縠皱波纹形容波纹细密如皱纱织纹。

〔2〕闹：这里意为浓盛。

〔3〕肯爱：怎肯吝惜。

【译文】

漫步东城感受到风光越来越好，船儿行驶在波纹皱起的水面上。拂晓的轻寒笼罩着如烟的杨柳，惟见那红艳艳的杏花簇绽枝头。人生总是怨恨苦恼太多欢娱少，谁惜千金却轻视美人迷人一笑　。为君手持酒盏劝说金色的斜阳，且为聚会向花间多留一抹晚霞。

【赏析】

此词是当时传诵的名篇，主要抒发了作者的赏春惜时之情。上片描绘春天的绚丽景色极有韵致。王国维《人间词话》说：“‘红杏枝头春意闹’，著一‘闹’字，而境界全出”，它运用通感手段，化视觉印象为听觉，将繁丽的春色点染得十分生动，可惜下片意思俗滥，与上片不称。

采　桑　子

欧阳修

群芳过后西湖好，狼藉残红，飞絮濛濛，垂柳阑干尽日风。　　笙歌散尽游人去，始觉春空，垂下帘栊[1]，双燕归来细雨中。

【注释】

〔1〕帘栊：窗帘。

【译文】

百花过后西湖风景依然美好，红红的花瓣凋落得满地都是，弥漫的柳絮满天狂乱地飞舞，垂柳轻拂栏杆整日暖风融融。喧闹笙歌散尽熙攘游人离去，才顿然发觉西湖之春的空静，正当我要放下窗上的帘子时，一双燕子穿过细雨回到巢中。

【赏析】

本词描写了暮春西湖迷离的美，语言清丽，风格空灵淡远。作者独具慧眼地赞赏了暮春的美好，表达了作者对真淳自然之美的领悟以及超脱的人生观和情趣。

踏莎行

欧阳修

候馆梅残[1]，溪桥柳细，草熏风暖摇征辔[2]。离愁渐远渐无穷，迢迢不断如春水。　　寸寸柔肠，盈盈粉泪[3]，楼高莫近危栏倚。平芜尽处是春山[4]，行人更在春山外[5]。

【注释】

〔1〕候馆：驿馆，旅舍。

〔2〕草熏：春草放香。

〔3〕盈盈：泪水满眼的样子。

〔4〕平芜：平坦草地。

〔5〕行人：这里指恋人。

【译文】

馆舍庭院里的梅花已经凋残，小溪桥头的柳枝条随风摇曳，春草清香春风和煦辔头轻摇。离家渐渐遥远离愁越来越浓，如一溪的春水连绵不可断绝。寸寸柔肠痛断行行盈淌粉泪，画楼太高千万不要凭倚高栏。平旷的原野尽头是青色的山，而思念的人儿还远在青山外。

【赏析】

这是一首写离情别绪的词，题材常见，但手法奇妙，意境优美，读来令人神远。词的上片写行人在旅途的离愁，下片写思妇在家室的离愁，两地相思，一种情怀。此词是欧阳修婉约词的代表作。

蝶恋花

欧阳修

庭院深深深几许？杨柳堆烟，帘幕无重数。玉勒雕鞍游冶处，楼高不见章台路。雨横风狂三月暮，门掩黄昏，无计留春住。泪眼问花花不语，乱红飞过秋千去[1]。

【注释】

〔1〕乱红：落花。

【译文】

这深深的庭院到底有多幽深？杨柳笼聚着团团不和的烟雾，一重一重的帘幕不计其数。华贵的车马停在寻欢的地方，登楼看不见歌楼妓馆章台路。暮春之际降下了狂虐的风雨，即便我掩上屋门不去听风雨，也丝毫没有办法留住那春天。问花知我否花儿却默默不语，凌乱的落花片片飞过秋千去。

【赏析】

本篇为闺怨词。这首词描写了一个贵族少妇独守深闺的苦闷怨情，整首词如泣如诉，凄婉动人，意境浑融、语言清丽。尤其是最后两句，向为词评家所赞誉。

蝶恋花

欧阳修

谁道闲情抛弃久[1]？每到春来，惆怅还依旧。日日花前常病酒[2]，不辞镜里朱颜瘦。　河畔青芜堤上柳，为问新愁，何事年年有？独立小桥风满袖，平林新月人归后[3]。

【注释】

〔1〕闲情：闲散的愁情。

〔2〕病酒：醉酒。

〔3〕平林：原野上的丛林。

【译文】

谁说我已将愁情抛弃许久了？每逢到新春佳节来临的时候，那种惆怅忧伤感觉一如故旧。我天天在花前月下痛饮美酒，宁可酩酊大醉也不惜身体瘦。河边青草萋萋河堤又见杨柳，我真的想一次次地问问它们。为何我的愁绪年年都有？独立在小桥上清风吹拂衣袖，人走后只有丛林的新月伴我。

【赏析】

本篇抒写了作者内心深处郁积日久的愁思和惆怅，大有“春花秋月何时了，往事知多少”的那种对于整个人生的迷惘和得不到解脱的苦闷，词中也还同时包涵着主人公对美好事物的无限眷恋，以及他甘心为此憔悴的执着感情。“独立小桥”两句，表现了主人公如有所待又若有所失的情状，语淡而意远。

浪淘沙

欧阳修

把酒祝东风，且共从容。垂杨紫陌洛城东[1]，总是当时携手处，游遍芳丛。　　聚散苦匆匆，此恨无穷。今年花胜去年红[2]，可惜明年花更好，知与谁同？

【注释】

〔1〕紫陌：泛指皇城之外的路。

〔2〕胜：超过。

【译文】

举起酒杯我向徐来东风祝祷，暂且一起欣赏这大好的春光吧。沿垂杨飘拂小路直奔洛城东，都是当时携手春天郊游之处，我们游遍了姹紫嫣红的花丛。人生苦于聚也匆匆散也匆匆，遗憾也总是那么的无尽无穷。今年的花儿比去年开得红艳，想必明年的花儿一定更娇艳，不知与谁一同享受繁花盛景？

【赏析】

本篇写旧地重聚赏花抒怀。这首词抒写了留连光景和相思离别的情怀，对于自然界好景不常、人世间聚散匆匆发出了深深地慨叹。上片写邀春留连，忆旧游怀恋人。下片感叹人生聚散匆匆，好景不常，华年苦短。上片春景昔今如一，下片时序今后不同，产生物在人非，时过景迁的鲜明对比，艺术效果强烈。全词层层渐进，脉络明析；语言流畅清丽，自然明快；言到情出，情感深沉。

雨霖铃

柳　永

寒蝉凄切，对长亭晚，骤雨初歇。都门帐饮无绪，留恋处、兰舟催发。执手相看泪眼，竟无语凝噎[1]。念去去、千里烟波，暮霭沉沉楚天阔[2]。

多情自古伤离别，更那堪、冷落清秋节！今宵酒醒何处？杨柳岸、晓风残月。此去经年[3]，应是良辰好景虚设。便纵有千种风情[4]，更与何人说？

【注释】

〔1〕凝噎：喉咙凝滞哽咽说不出话。

〔2〕楚天：南天。楚国在江南，故称南天为楚天。

〔3〕经年：年复一年。

〔4〕风情：男女间的爱恋深情。

【译文】

秋蝉叫得那么凄凉而又悲切，面对着长亭的临近天黑景色，一场狂风暴雨刚刚停止下来。都门外设帐饮我们无心饮酒，留恋难舍之际兰舟催促出发。手牵着手互相凝视泪眼相望，竟喉咙哽咽说不出任何话语。想这一次远离千里浩渺烟波，暮云昏暗弥漫南天无边辽阔。自古以来多情的人伤感离别，更何况是在万物萧瑟的秋季！今夜晚酒醒时我身又在何处？　杨柳岸边晨风清爽残月斜悬。这一次远去可能是长年累月，虽有良辰美景也定是虚设。即使纵然有千种眷恋的衷情，又向何人诉说自己的心声？

【赏析】

这首词是柳永著名的代表作。词中以种种凄凉、冷落的秋天景象衬托和渲染离情别绪，活画出一幅秋江别离图。他真实地描述了临别时的情景，“执手”两句，以白描手法将情人分别时的依依不舍、相对无言刻画得惟妙惟肖，语简情深，极其感人。整首词情景兼融，如行云流水般舒卷自如，时间的层次和感情的层次交叠着循序渐进，一步步将读者带入作者内心世界的深处，艺术手法十分高明。“杨柳岸、晓风残月”系千古名句，宋代以来人们就以之概括柳词的风格特点。

蝶恋花

柳　永

伫倚危楼风细细，望极春愁，黯黯生天际。草色烟光残照里，无言谁会凭阑意[1]？　拟把疏狂图一醉[2]，对酒当歌，强乐还无味。衣带渐宽终不悔，为伊消得人憔悴。

【注释】

〔1〕会：理会。

〔2〕拟把：打算。

【译文】

伫立高楼倚着栏杆和风细细，极目远望春愁无际内心惆怅。夕阳斜照青草映着烟霞光彩，谁懂得我倚靠栏杆时的思绪？我想纵情狂饮直到一醉方休，频举酒杯强颜欢笑了无趣味。纵然衣带渐渐宽松终生不悔，为了她值得我相思而人憔悴。

【赏析】

本篇写春夜怀人，描绘了一幅迷蒙凄楚的黄昏高楼望远图，景中含情，表现了怀念的深情。上片写伫倚危楼凭阑无语，景中含情，见出作者伫立望远之苦；下片以明畅淋漓的笔调抒写他“虽九死其犹未悔”的执著恋情，真挚感人。其中“衣带渐宽终不悔，为伊消得人憔悴”为传诵千古的名句。王国维《人间词话》以这两句词所表现的刻骨爱情，来比喻“古今之成大事业、大学问者，必经过三种之境界”的第二境，即锲而不舍、甘愿献身的精神，并说此等语“非大词人不能道”。

采莲令

柳　永

月华收，云淡霜天曙。西征客、此时情苦。翠娥执手送临歧〔1〕、轧轧开朱户。千娇面，盈盈伫立〔2〕，无言有泪，断肠争忍回顾〔3〕？　一叶兰舟，便恁急桨凌波去。贪行色〔4〕、岂知离绪，万般方寸〔5〕，但饮恨、脉脉同谁语〔6〕？更回首、重城不见，寒江天外，隐隐两三烟树。

【注释】

〔1〕翠娥：指美人。临歧：分别的岔路口。

〔2〕盈盈：体态轻盈的样子。
〔3〕争：即“怎”。
〔4〕行色：出行前的准备。
〔5〕方寸：心；心思、心绪。
〔6〕脉脉：内心情感无法倾吐而沉默貌。

【译文】

月光消逝云色变淡曙光泛出。西行客子此时此刻最为痛苦。美人紧拉他的手一直送到岔路口、轻轻地温柔地打开了家中门。她千娇百媚伫立在那里，没有一句话语只有满脸泪珠，令人肝肠寸断又怎忍心回头？不忍心登上即将远去的小舟，便急匆匆地随波向远方而去。其他的人只是急着向前赶路，行路人岂能知我的离情别绪，心如刀割一般只能暗自含恨，脉脉此情又能向谁来倾诉呢？回头望那重重城楼早已不见，江面寒气蒸腾天水相连之处，只隐隐约约看到三两棵树影。

【赏析】

这首词和他的《雨霖铃》堪称别离词之双璧，有异曲同工之妙。上片写离别时月落云收，霜天欲曙，离人去去情苦，居人依依不舍。“千娇面”至“断肠怎忍回顾”几句，生动细腻地描绘了离人内心的痛苦。下片写离人别后无限惆怅和不尽的留恋；而无人可与诉说愁苦，只能恨别吞声，其哀其痛，更是不堪忍受。全词以景起兴，以景作结，景中寓情，景黯情凄；写景抒情，铺叙有致，层层渐进，语言浅淡而意深情挚。写景叙事抒情，三位一体，高妙过于当世前人。

浪淘沙慢

柳　永

梦觉透窗风一线，寒灯吹息。那堪酒醒，又闻空阶夜雨频滴。嗟因循、久作天涯客。负佳人、几许盟言，便忍把、从前欢会，陡顿翻成忧戚[1]。

愁极，再三追思，洞房深处，几度饮散歌阑，香暖鸳鸯被。岂暂时疏散，费伊心力。殢云尤雨[2]，万般千种，相怜相惜。　　恰到如今[3]，天长漏永，无端自家疏隔。知何时、却拥秦云态？愿低帏昵枕，轻轻细说与，江乡夜夜，数寒更思忆。

【注释】

〔1〕陡顿：陡然，顿时，突然。

〔2〕殢云尤雨：恋昵不舍，形容男女相爱，欢合。

〔3〕恰：犹“却”。

【译文】

一梦醒来一缕寒风透窗而进，将那灯盏吹熄怎忍酒醒愁郁，又听到空寂的台阶夜雨滴沥。叹息仕途迁延长久在外浪迹。辜负了佳人的多少山盟情意，怎能忍心把从前的幽会欢娱，突然间却变成了忧愁与悲戚。悲愁已到极点再三追忆当年，洞房幽深之地多少畅饮难歌，共眠在芳香温暖的鸳鸯被里。哪里去管分离耗费你的心力。欢会缠绵又有万种般的柔爱，千种亲昵互相怜爱互相痛惜。心想到了如今天长夜久相思，无奈都是自家游宦情侣隔离。不知何时重谐秦楼云雨欢情？但愿低垂帏帐而又枕前亲昵，轻轻地细细地悄悄说话与她，江畔乡间却是那么夜夜孤凄，数着寒夜的更声再将她思忆。

【赏析】

本篇为羁旅途中思念情人之词。这首词共三片。第一片写主人公夜半酒醒时的忧戚情思；第二片追思相怜相惜之情事；第三片写如今眼下的相思情景，既悔恨当初又设想将来。全词直抒胸臆，将相思离别之情刻画得淋漓尽致。

少　年　游

柳　永

长安古道马迟迟[1]，高柳乱蝉嘶。夕阳岛外，秋风原上，目断四天垂。　　归云一去无踪迹[2]，何处是前期[3]？狎兴生疏[4]，酒徒萧索[5]，不似去年时。

【注释】

〔1〕迟迟：徐行貌。

〔2〕归云：这里指离去的所爱女子。

〔3〕前期：前约、预约。

〔4〕狎兴：狎爱的兴致。狎：冶游。

〔5〕酒徒萧索：酒徒，指酒友。萧索：冷落、稀少。

【译文】

我骑马在长安古道缓慢前行，秋蝉在高高的柳树上不停鸣叫。夕阳在岛外的远方渐渐沉落，旷野荒原之上秋风习习，极目四望旷阔天空幕帐四垂。时光逝去永远不会再次回来，旧日的期望和约定何处去寻？寻欢作乐的兴致早已经淡漠，那些一起喝酒的朋友也已散去，再也不像少年之时狂放不羁。

【赏析】

这是作者自伤世事之作。词中塑造了一个穷困潦倒、踯躅街头的人物形象。上片写秋风萧瑟，作者在长安古道马行迟迟，乱蝉鸣柳，四天低垂，一派凄景。下片写所爱离去，难寻难期，似乎已床头金尽，冶趣疏远；连昔日酒友也寥寥无几。全词尽露世态炎凉、人情冷暖的悲绪，表现出作者心灰功名、意懒宦游的思想。

夜 半 乐

柳 永

冻云黯淡天气〔1〕，扁舟一叶〔2〕，乘兴离江渚〔3〕。渡万壑千岩，越溪深处〔4〕，怒涛渐息，樵风乍起〔5〕，更闻商旅相呼〔6〕。片帆高举，泛画鹢〔7〕、翩翩过南浦。

望中酒旆闪闪〔8〕，一簇烟村，数行霜树。残日下，渔人鸣榔归去〔9〕。败荷零落，衰杨掩映。岸边两两三三，浣纱游女，避行客、含羞笑相语。

到此因念，绣阁轻抛，浪萍难驻[10]。叹后约丁宁竟何据？惨离怀，空恨岁晚归期阻。凝泪眼、杳杳神京路，断鸿声远长天暮[11]。

【注释】

〔1〕冻云：严冬的阴云。

〔2〕扁（piān）舟：小舟。

〔3〕江渚（zhǔ）：渚，水中小高地。这里江渚指江岸。

〔4〕越溪：即若耶溪，又名浣纱溪。这里泛指水流。

〔5〕樵风：好风，顺风。

〔6〕商旅：商人旅客。

〔7〕画鹢：在船头画有 鸟图形的船。

〔8〕酒旆（pèi）：酒旗，酒幌子。

〔9〕鸣榔：榔，用以击船舷作声的木棒。

〔10〕浪萍：随波飘逐的浮萍。

〔11〕断鸿：失群孤飞的鸿雁。

【译文】

严冬的阴云遮蔽着天空，我乘坐着一叶小小扁舟，乘兴离开了沙洲的江岸。越过万道深壑千道高岩，进入若耶溪幽深的水湾，狂涛渐渐将要平息下去，山风却又突然刮起了来，听到商贾旅客互相呼唤。一片征帆高悬航船浮游、轻轻悠悠地驶过了南岸。放眼望去远处酒旗晃动，一座烟笼村落霜花斑斑。夕阳残照渔人敲响船舷。枯败的荷花都份份零落，晚霞透过杨柳忽掩忽现。岸边两两三三浣纱姑娘，躲避着游客羞涩地笑语。猛想到轻易地抛弃亲人，像浪游的浮萍难寻立身。可叹约会誓言怎能为据？惨淡呵那些离别的情怀，徒叹又将岁暮归期受阻。泪眼凝神远看京都大路，孤雁远远呼唤长空暮色。

【赏析】

这首词描写旅途所见风光景色，抒发去国怀乡愁思哀情。上片写乘舟离岸，历高山深溪，经怒涛樵风，闻商旅相呼，画船泛过南浦的旅程景色。中片写望中酒旗闪闪，残阳下渔人叩舷而歌归去，岸边三三两两浣纱村女，含羞避客，笑语相去，一派田园风光，大有桃源气象。下片抒写被所经所见景色勾起的去国怀乡愁思。全词局段井然，工笔白描，细针密线，情景真切，堪称咏唱羁旅行役之佳作。

玉　蝴　蝶

柳　永

望处雨收云断，凭栏悄悄〔1〕，目送秋光。晚景萧疏，堪动宋玉悲凉。水风轻，蘋花渐老〔2〕；月露冷、梧叶飘黄。遣情伤，故人何在？烟水茫茫。

难忘，文期酒会〔3〕，几孤风月，屡变星霜〔4〕。海阔山遥，未知何处是潇湘？念双燕、难凭音信〔5〕，指暮天、空识归航。黯相望，断鸿声里，立尽斜阳。

【注释】

〔1〕悄悄：忧愁貌。

〔2〕蘋：一种多年生浅水草本，夏秋间开小白花，也称白蘋。

〔3〕文期酒会：约会在一起饮酒做诗文。

〔4〕几孤句：孤，辜负。风月，清风明月。屡变句：星霜，星指岁星（木星）；岁星一年一周转，霜每年遇寒而降，因以星霜指岁月。

〔5〕难凭：难有准信。

【译文】

我凭栏眺望心中暗自忧愁，雨停歇云散去我目送着秋光。那傍晚的景色萧条而又疏旷，足令宋玉一类文士更加悲凉。水风轻轻吹拂蘋花渐渐枯萎，月光露气变冷桐叶飘落枯黄。情景令人感伤故朋又在何方？眼前所见的只是烟水的茫茫。实在难忘的是一起作诗饮酒，如今辜负风月虚度大好时光。山上小路迢迢海面宽阔广大，真的不知何处才是潇湘之地？想那双飞燕它难以传送远信，暮色苍茫枉自辨认归来桅樯。黯然神伤在孤雁的哀鸣声中，眼睛看着夕阳沉没收了余光。

【赏析】

本篇为秋日怀人念远之作。这首词抒写秋日黄昏引起的故人之思与羁旅之愁。上片写凭栏望远，晚暮中花萎叶黄，风凉露冷，一片萧疏冷落，令人悲凉情凄，顿起怀人念远之愁思。下片以往日欢乐突出别后的孤凄，进一步抒发怀人深情以及音信难通、痴望不见的怅惘，尤其“断鸿声里，立尽斜阳”二句，极尽黯然魂伤之情，足显柳词厚朴沉雄、清劲老辣的“骨气”。

八声甘州

柳　永

对潇潇暮雨洒江天[1]，一番洗清秋。渐霜风凄紧[2]，关河冷落[3]，残照当楼。是处红衰翠减[4]，苒苒物华休[5]。惟有长江水，无语东流。不忍登高临远，望故乡渺邈[6]，归思难收[7]。叹年来踪迹，何事苦淹留[8]？想佳人、妆楼颙望，误几回、天际识归舟？争知我、倚阑干处，正恁凝愁？

【注释】

〔1〕潇潇：风雨急骤的样子。

〔2〕霜风：秋风。

〔3〕关河：山河关隘。

〔4〕是处：处处。

〔5〕苒苒：同“冉冉”，渐渐。

〔6〕渺邈：遥远貌。

〔7〕归思（sì）：思归的心绪。

〔8〕淹留：久留。

【译文】

伫立江边面对着潇潇的暮雨，暮雨仿佛在洗涤清冷的残秋。渐渐地雨散云收秋风逐渐紧，山河冷落落日余辉映照江楼。满目的凄凉到处是花残叶凋，那些美好的景色都已歇休。只有长江水默默地向东流淌。其实我实在不忍心登高远望，想到故乡在遥远不可及之处，一颗归乡的心迫切难以自抑。叹息这几年来四处奔波流浪，究竟是为什么苦苦到处滞留？佳人一定天天登上江边画楼眺望，多次误认我的归舟？你可知道我正在倚高楼眺望，心中充满了思乡的忧愁苦闷？

【赏析】

本篇为作者的名篇。这首词抒写羁旅行役、思、乡愁情。上片写景给人以苍凉凄清之感。下片直抒胸臆，思乡、羁旅，进而怀念爱人，一贯而下。全词意境舒阔高远，气魄沉雄清劲；写景层次清晰有序，抒情淋漓尽致。语言凝炼，气韵精妙。千古来深受词家叹服欣赏。

桂　枝　香

王安石

登临送目，正故国晚秋[1]，天气初肃。千里澄江似练，翠峰如簇[2]。归帆去棹斜阳里，背西风、酒旗斜矗。彩舟云淡，星河鹭起，画图难足。

念往昔、繁华竞逐，叹门外楼头，悲恨相续[3]。千古凭高，对此漫嗟荣辱。六朝旧事如流水，但寒烟衰草凝绿。至今商女，时时犹唱，《后庭》遗曲。

【注释】

〔1〕故国：指金陵，三国东吴、东晋、宋、齐、梁、陈六朝旧都，在今江苏南京。

〔2〕簇：箭头。

〔3〕悲恨相续：指南朝各个王朝的覆亡相继。

【译文】

登高远望金陵故都正值晚秋，天气开始变得飒爽清凉。千里澄澈长江像是一条白练，那青翠的山峰有如同一箭镞。斜阳下征帆樯影穿梭江波上，西风掠过酒肆青旗猎猎飘扬。画船上云烟淡银河里白鹭飞，图画也难以将这幅美景绘出。追忆昔日金陵帝王在此追欢，可叹兵临城下楼头美人歌舞，亡国的悲恨凄楚首尾又相继。自古有多少人对此登高凭吊，空空白白嗟叹兴亡与那荣辱。六朝旧事已经随着流水消逝，只见寒雾草木衰枯仍呈绿色。至今还有那茶楼酒肆的歌女，时时还在演唱那首后庭旧曲。

【赏析】

这首词是王安石的代表作。词中描绘了金陵晚秋的壮丽景色，抒发了怀古之情，同时批判了六朝统治者骄奢淫靡的生活，表达了对国事的忧虑和愤慨。《古今词话》赞此词为"最为绝唱"。

千秋岁引

王安石

别馆寒砧〔1〕，孤城画角，一派秋声入寥廓〔2〕。东归燕从海上去，南来雁向沙头落。楚台风〔3〕，庾楼月〔4〕，宛如昨。　无奈被些名利缚，无奈被他情担阁，可惜风流总闲却。当初漫留华表语，而今误我秦楼约。梦阑时，酒醒后，思量著。

【注释】

〔1〕寒砧（zhēn）：砧，捣衣石。寒砧指寒秋时的捣衣声，诗词中常用以形容寒秋景象的萧索冷落。

〔2〕寥廓：即辽阔。这里指天空。

〔3〕楚台风：泛指清爽凉风。

〔4〕庾楼月：此处泛指秋月。

〔5〕担阁：即耽搁。

【译文】

寒冷的旅馆敲响捣衣的石砧，悲鸣的画角响彻孤耸的城郭，凄清的秋声传向寂远的长空。东归的燕儿从海上飞了过去，南来的大雁在沙头上面降落。古代楚王的兰台有快哉之风，庾亮的南楼也有那皓然之月，眼前的景物仿佛依然如故。无奈总是被名利束缚了手脚，无奈总是被琐事耽搁了自由，可惜风流快事总被闲弃一旁。当初随意在华表上书写谏语，而今误了我秦楼的誓约承诺。睡觉快醒的时候酒醉醒来后，总要深深地思索那些心头事。

【赏析】

这首词写秋景以抒愁情，是作者寒馆客居伤怀之作。上片写秋天寥廓，秋声悲切，秋鸟分离，秋风寒冷，秋月凄凉，一派悲秋景象，含蓄地透露出作者自身无所归依的怅惘。下片自白为名利世情所束缚耽搁，而虚放过多少欢娱安乐，深感后悔，大有退隐追仙之想，实际上是作者政治上既不能如愿，无端被名利束缚、弃世学道也不成，又贻误了爱情的盟约，这三种失落的表露。但全词情感真挚、悱恻感人；语调凄哀清婉，手法空灵婉曲。

临　江　仙

晏几道

梦后楼台高锁，酒醒帘幕低垂。去年春恨却来时，落花人独立，微雨燕双飞。　记得小蘋初见〔1〕，两重心字罗衣。琵琶弦上说相思，当时明月在，曾照彩云归〔2〕。

【注释】

〔1〕小蘋：歌女名。

〔2〕彩云：指小蘋。

【译文】

梦醒只见高高楼台阁门紧锁，酒意消退但见帷帘重重低垂。去年春天惹起的恨恚来恼我，恰是落花纷坠斯人孤独伫立，细雨霏霏之中燕儿翩翩双飞。依然清晰记得初次见到小蘋，穿着绣有两重心字的小衣衫。拨弹琵琶舞弦诉说相思滋味，当时月光是那样的皎洁如玉，她像一朵美丽彩云翩然归去。

【赏析】

本篇为怀人之词。上片描写人去楼空的索寞景象，以及年年伤春伤别的凄凉怀抱。“落花”二句套用前人成句而更见出色。下片追忆初见小蘋温馨动人的一幕。全词语言清新俊逸，意境含蓄悠远。

蝶恋花

晏几道

醉别西楼醒不记，春梦秋云，聚散真容易。斜月半窗还少睡，画屏闲展吴山翠[1]。　衣上酒痕诗里字，点点行行，总是凄凉意。红烛自怜无好计，夜寒空替人垂泪。

【注释】

〔1〕闲展：冷落寂寞地张展。

【译文】

醉中西楼分离醒后全无记忆，犹如春梦秋云人生聚散容易。半窗斜月微明我还难以入睡，彩画屏风空展出吴山的翠碧。衣服上酒痕聚会出所赋诗句，点点行行总唤起一番凄凉意。红烛自悲自怜也无办法安慰，寒夜里只有替人空垂着泪滴。

【赏析】

这首小词写别后的凄哀愁情。上片写醉梦醒来，记得的只是因离别痛苦难遣而大醉以浇离愁，醒来更感慨人生如梦如云，聚无由，散去容易，眼下只剩自己一人独对斜月画屏，凄凉孤寂不尽。下片写聚时的酒痕诗字，睹物怀人，备感凄楚，红烛垂泪，侧笔旁衬，借物抒怀，烛尚伤情，人何以堪，愈显意挚愁浓，一往情深。全词语淡情深，句句凄哀。结尾赋红烛以人性，更显凄凉。风格婉约，手法精妙。

鹧鸪天

晏几道

彩袖殷勤捧玉钟[1]，当年拚却醉颜红[2]。舞低杨柳楼心月，歌尽桃花扇底风。　从别后，忆

相逢，几回魂梦与君同。今宵剩把银釭照[3]，犹恐相逢是梦中。

【注释】

〔1〕彩袖：代指舞女。玉钟：借指美酒。

〔2〕拼（pàn）却：豁出去的意思。

〔3〕釭（gāng）：灯。

【译文】

彩袖玉手捧玉钟殷勤又多情，当年甘愿痛饮一醉满面通红。楼顶明月一直舞到坠下柳梢，尽兴歌唱累得桃花扇无力扇。自从离别以后思念重新相逢，多少回梦魂与你形同又影共。今晚相逢我借灯光看了又看，还怕这相逢仍只是在梦境中。

【赏析】

这首词描写了与久别佳人重逢时犹疑是梦的惊喜和追忆别后对佳人苦苦相思之情。这首词虽属男女恋情的传统题材，但在艺术上却有独道之处。全词依时间顺序写了情事的发展过程：初欢—久别—重逢；从情感的变化看则是：欢乐—愁苦—欢乐。全词言情婉丽，文心曲妙，空灵雅致，本词为宋词名篇，前人评价极高。

木 兰 花

晏几道

东风又作无情计，艳粉娇红吹满地[1]。碧楼帘影不遮愁，还似去年今日意。　谁知错管春残事，到处登临曾费泪。此时金盏直须深[2]，看尽落花能几醉。

【注释】

〔1〕艳粉娇红：红粉，胭脂和铅粉，女子的化妆品，代指美人，此处借喻花朵。

〔2〕金盏：酒杯的美称。直须：就要，就是要，宋时口语。

【译文】

东风如此无情断送了春天，姹紫嫣红的百花遍地狼藉。碧楼低垂帘幕遮不住忧愁，但忧愁还是如同去年那样。伤花悲春是我错管了闲事，四处登山临水空流惜春泪。如今只管金杯倾尽痛饮醉，才不见它红消香断残春归。

【赏析】

这首词抒写伤春惜春之悲情。上片写东风无情，践踏粉红，实以抒怀如同去年的今日苦愁。下片故用反诘自悔之词，故作自我安慰的旷达之语，却显出作者的悲痛与感慨。全词语辞深婉清劲，更显沉痛悲怆之愁怀。

清　平　乐

晏几道

留人不住，醉解兰舟去[1]。一棹碧涛春水路，过尽晓莺啼处。　渡头杨柳青青，枝枝叶叶离情。此后锦书休寄[2]，画楼云雨无凭[3]。

【注释】

〔1〕兰舟：船的美称。

〔2〕锦书：书信的美称。

〔3〕云雨无凭：云雨，指男女间的欢娱之情。典出楚襄王梦遇巫山神女事。无凭：没有准信。

【译文】

留人留不住醉中解缆随舟去。小船桨划出碧波漫漫春江路，霎时间过尽了黄莺啼叫之处。渡口周围上的杨柳青青绿绿，一枝枝一叶叶都是那些离情。从此后思念的书信不要寄出，画楼欢情化作残云断雨无凭。

【赏析】

这是一首写离情别怨的词，上片写词人眼前所见：一叶小舟随着悠悠春水默默远去，直到消失在阳春烟景之中；下片写词人的内心感受，表面上是要与对方决裂，实际是情深而难以割舍之意，且充满哀怨之情。全词给人“落花有意，流水无情”之感。

御街行

晏几道

街南绿树春饶絮[1]，雪满游春路[2]。树头花艳杂娇云，树底人家朱户。北楼闲上，疏帘高卷[3]，直见街南树。　　阑干倚尽犹慵去[4]，几度黄昏雨。晚春盘马踏青苔[5]，曾傍绿荫深驻。落花犹在，香屏空掩，人面知何处？

【注释】

〔1〕饶：充满，多。

〔2〕雪：这里以形容白色的柳絮。

〔3〕闲：高大的样子。

〔4〕慵去：懒得离去。

〔5〕盘马：骑马驰骋盘旋。

【译文】

街南绿树浓荫春天许多柳絮，柳絮如雪飘满了游春的道路。树顶上杂映着艳花交织的云，树阴下是居住人家的红门户。闲懒登上北楼把疏帘高卷起，直向街南的绿树丛中凝望着。我身倚栏杆久久地不忍离去，多少次在黄昏的微雨中伫立。暮春时她曾骑马徘徊踏青苔，曾靠在绿阴深处停马驻足歇。昔日落花犹在华美屏风空掩，谁知道桃花人面又在何处呢？

【赏析】

这是一首忆旧怀人的词，所怀念的是往昔眷恋的一位女性。此词采用今昔对比的手法，以表现作者对往昔欢乐的怀念和今时失落的悲凄，这和他晚年家道中落，屡不得意的生活遭遇是有一定联系的。全词场景如画，思路曲屈，怀旧情愫，怅然难尽。

虞美人

晏几道

曲阑干外天如水，昨夜还曾倚。初将明月比佳期[1]，长向月圆时候、望人归。罗衣著破前香在[2]，旧意谁教改。一春离恨懒调弦，犹有两行闲泪、宝筝前[3]。

【注释】

〔1〕初将：本将。

〔2〕罗衣著破：著，穿。

〔3〕闲泪：闲愁之泪。

【译文】

栏杆曲曲弯弯天色如水湛蓝，昨晚我也曾在这里凭依。人们都是把明月比作那佳期，认为月满之时人也就会团圆，我在这里倚栏眺望盼你归来。绫罗的衣服虽已坏香气还在，又是谁让游子把初衷来改变。整个春天都因离愁别恨懒抚筝，那两行因闲愁而伤心的眼泪，一滴滴落在了那宝筝的前面。

【赏析】

这是一首写思妇怀人怨别的小词。上片起首二句，将思妇望人归来的思情淡淡提起，而接下二句，将情调转深：离人去时言明月圆满时即是相会佳期，使得闺中人长在月圆时望其归来，思妇盼归的痴情，可怜可叹。下片以衣香犹在，比喻己之情意终究不改。结尾与琴弦懒调，闲泪双垂，大有知音难遇、自伤悲独之感慨。此词语言通俗，感情真挚。

水调歌头

丙辰中秋，欢饮达旦，作此篇兼怀子由。

苏　轼

明月几时有？把酒问青天。不知天上宫阙[1]，今夕是何年。我欲乘风归去，又恐琼楼玉宇，高处不胜寒。起舞弄清影，何似在人间。　转朱阁，低绮户，照无眠。不应有恨，何事长向别时圆？人有悲欢离合，月有阴晴圆缺，此事古难全。但愿人长久，千里共婵娟〔2〕。

【注释】

〔1〕宫阙：指神话传说中的月宫。

〔2〕婵娟：美丽的月光。

【译文】

明月从什么时候才有的？手持酒杯来询问那青天。不知道天上的那些宫殿，今天晚上又是哪一年呢。我想要乘长风飞回月宫，又怕那高耸的琼楼玉宇，让我难以忍受那种孤寒。起舞翩翩玩赏月下清影，归返月殿怎比得在人间。月光已经转过朱红楼阁，明亮地低洒在绮窗前，照着床上人们惆怅无眠。明月不应该有什么怨恨，为何在亲人离别时才圆？人都有悲欢离合的变迁，月也有阴晴圆缺的转换，这种事自古都难以周全。但愿世间离别的人长在，远隔千里共赏皎洁明月。

【赏析】

本篇为中秋节咏月抒怀之词。词人运用形象描绘的手法，勾勒出一种皓月当空、美人千里、孤高旷远的境界氛围，把自己遗世独立的意绪和往昔的神话传说融合一处，在月的阴晴圆缺当中，渗进浓厚的哲学意味，可以说是一首将自然和社会高度契合的感喟作品。此词通篇咏月，却处处关合人事。上片借明月自喻孤高，下片用圆月衬托别情，它构思奇特，蹊径独辟，极富浪漫主义色彩。是苏词的代表作之一。

水　龙　吟

次韵章质夫《杨花词》

苏　轼

似花还似非花，也无人惜从教坠〔1〕。抛家傍路，思量却是，无情有思〔2〕。萦损柔肠，困酣娇眼，欲开还闭。梦随风万里，寻郎去处，又还被莺呼起。　不恨此花飞尽，恨西园、落红难缀。晓来雨过，遗踪何在？一池萍碎。春色三分，二分尘土，一分流水。细看来，不是杨花，点点是离人泪。

【注释】

〔1〕惜：爱惜。从教坠：任凭飘坠。

〔2〕有思：有情意。

【译文】

非常像花又好像不是花，无人怜惜任凭衰零坠地。把它抛离在家乡路旁，细细思量仿佛又是无情，实际上则是饱含着深情。受伤柔肠婉曲娇眼迷离，想要开放却又紧紧闭上。梦魂随风把心上人寻觅，却又被黄莺儿无情叫起。不恨这种花儿飘飞落尽，只是抱怨愤恨那个西园、满地落红枯萎难再重缀。清晨雨后何处落花遗踪？飘入池中化成一池浮萍。如果把春色姿容分三份，其中的二份化作了尘土，一份坠入流水了无踪影。细看来那全不是杨花啊，是那离人晶莹的眼泪啊。

【赏析】

本篇构思巧妙，刻画细致，咏物与拟人浑成一体：柔肠、娇眼的想象已是出神入化，随风万里寻郎，更是将杨花的精魂和思妇的形象处理得不即不离、若即若离，表现出极其缠绵悱恻的情思，达到物与神游的境界。此词遗貌取神，空灵婉转，精妙绝伦，前无古人，后无来者，为咏物词的极品。

念奴娇

赤壁怀古

苏　轼

大江东去，浪淘尽，千古风流人物。故垒西边，人道是、三国周郎赤壁。乱石穿空，惊涛拍岸，卷起千堆雪。江山如画，一时多少豪杰。

遥想公瑾当年，小乔初嫁了，雄姿英发。羽扇纶巾，谈笑间，强虏灰飞烟灭。故国神游，多情应笑我，早生华发。人生如梦，一樽还酹江月。

【译文】

大江之水滚滚不断向东流去，淘尽了那些千古风流的人物。在那久远古战场的西边地方，说是三国周瑜破曹军的赤壁。四面石乱山高两岸悬崖入云，惊涛骇浪猛烈地拍打着江岸，卷起浪花仿佛冬日的千堆雪。江山如此的美丽如图又如画，一时间涌出了多少英雄豪杰。遥想当年的周郎名瑜字公瑾，小乔刚刚嫁给了他作为妻子，英姿雄健风度翩翩神采照人。手中执着羽扇头上著着纶巾，从容潇洒地在说笑闲谈之间，八十万曹军如灰飞烟灭一样。如今我身临古战场神游往昔，可笑我有如此多的怀古幽情，竟如同未老先衰般鬓发斑白。人生如同一场朦胧的梦似的，举起酒杯奠祭这万古的明月。

【赏析】

这首词是苏词豪放风格的代表作。他以赤壁怀古为主题，将奔腾浩荡的大江波涛、波澜壮阔的历史风云和千古而来的风流人物，酣畅淋漓地泼墨挥写于大笔之下，抒发了作者宏伟的政治抱负和豪迈的英雄气概。词中也流露壮志未酬的感慨和人生如梦、岁月流逝的遗憾，但这种感慨和遗憾并非失望和颓废。它向人们揭示：千古风流人物身名俱灭，但江山长在，江月长留，当举酒相酹。

永 遇 乐

彭城夜宿燕子楼，梦盼盼，因作此词。

苏　轼

明月如霜，好风如水，清景无限。曲港跳鱼，圆荷泻露，寂寞无人见。紞如三鼓，铿然一叶[1]，黯黯梦云惊断。夜茫茫、重寻无处，觉来小园行遍。

天涯倦客，山中归路，望断故园心眼。燕子楼空，佳人何在?空锁楼中燕。古今如梦，何曾梦觉，但有旧欢新怨。异时对，黄楼夜景，为余浩叹。

【注释】

〔1〕纨（dǎn）如：鼓声沉闷的样子。铿（kēng）然：形容声音响亮有力。

【译文】

月光皎洁像给大地铺上轻霜，秋风送爽犹如流水一般清凉，这清秋的夜色令人如此沉醉。环曲的港湾鱼儿跳出了水面，圆圆的荷叶露珠儿晶莹流转，天地如此的寂寞却是无人见。三更鼓响砰然飘零一叶铿然，黯沉沉梦里倩影突然惊散了。夜色茫茫无处重寻梦里悲欢，醒来后走遍小园心中多愁怅。客游天涯已经感到十分厌倦，我一心想归隐到山林之中去，但是故园遥遥令人望眼欲穿。燕子楼空佳人今日又在何处？空锁了楼中梁上的那些燕子。古往今来如梦何人曾梦中醒，只因为有旧欢新怨缠绵不断。他人后人面对这黄楼的夜景，为我发出人事变迁的长叹息。

【赏析】

本篇为作者夜宿燕子楼感梦抒怀之作。这首词，上片描写明月清风，鱼翻露泻的清冷夜景。此时人从梦中醒来，独自徘徊小园，更显寂寞。下片联想佳人已去，眼前楼空，因而感叹人生如梦，转眼皆为虚无，反映了作者失意时思念故乡的伤感心情。词追怀名妓而不写红粉艳情，格调高远，怀古而不拘泥于古，借古伤今，探究人生；遣辞用字精炼，意境清丽优美，很有艺术魅力。“燕子楼空”三句，尤为人称道。

洞仙歌

苏　轼

余七岁时，见眉州老尼，姓朱，忘其名，年九十岁。自言尝随其师入蜀主孟昶宫中。一日大热，蜀主与花蕊夫人夜纳凉摩诃池上，作一词。朱具能记之。今四十年，朱已死久矣，人无知此词者，但记其首两句。暇日寻味，岂《洞仙歌》令乎?乃为足之云。

冰肌玉骨，自清凉无汗。水殿风来暗香满。绣帘开，一点明月窥人，人未寝，攲枕钗横鬓乱[1]。

起来携素手，庭户无声，时见疏星渡河汉。试问夜如何？夜已三更，金波淡、玉绳低转[2]。但屈指、西风几时来，又不道、流年暗中偷换。

【注释】

〔1〕攲：倚、斜靠。

〔2〕金波：月光。玉绳：两星名，在北斗第五星玉衡的北面。

【译文】

肌肉骨头像冰玉般莹洁温润，本来十分清凉没有一丝汗渍。晚风来水殿里丝丝暗香弥漫。绣帘撩开明月一点偷窥佳人，佳人斜倚在枕边还没有入眠，黄金钗横着堕着鬓发乱蓬蓬。从床上坐起牵着白净的玉手，起来漫步在寂静的庭院当中，时而可见稀疏流星渡过银河。试问夜色如何三更已经过去，月波淡玉绳星随着北斗低旋。屈指掐算什么时候送来寒冷，不知不觉似水流年悄然逝去。

【赏析】

本词是苏轼的名篇之一，上片记人物、环境之清凉，人物“冰肌玉骨”，具不同凡响的神仙资质，水殿、清风、暗香、月光，如置身月殿瑶台的清虚之境，无一毫俗气。“绣帘开”几句绘闺房情景宛然如见，“一点明月窥人”句，“一点”与“窥”字灵动奇妙，为本词增添许多情致。下片描写蜀主孟昶和花蕊夫人留连月下纳凉所见以及因纳凉而思秋风，因思秋风而感念流光飞逝的怅惋之情，其间融入作者对人生易逝的感叹。

卜算子

黄州定惠院寓居作

苏　轼

缺月挂疏桐，漏断人初静[1]。谁见幽人独往来[2]，缥缈孤鸿影。　惊起却回头，有恨无人省[3]。拣尽寒枝不肯栖，寂寞沙洲冷。

【注释】

〔1〕漏断：指夜深。漏，古代计时器。以铜壶盛水，水从壶中漏出，壶中箭上刻度显出时辰。夜深时，漏壶水少，不闻滴漏声，称“漏断”。

〔2〕幽人：被谪幽居的人。这是作者自指。

〔3〕省（xǐng）：理解；了解。

【译文】

半轮残月挂在疏落的梧桐上，夜色深沉漏断四周十分寂静。谁能见幽居人独自往来徘徊，像那缥缈高飞的孤雁的身影。孤独大雁在惊飞中不断回头，心中有幽怨却无人能够明白。挑遍了寒冷的树枝不肯栖息，却躲到寂寞的沙洲甘愿凄冷。

【赏析】

人而似鸿，鸿而似人，非鸿非人，亦鸿亦人，这就是本词艺术形象的特点。词人自诩为清高的鸿雁，寄意深远，风格清奇冷隽，俨然是不食人间烟火的世外高人所语。

青　玉　案

和贺方回韵，送伯固归吴中

苏　轼

三年枕上吴中路，遣黄犬，随君去[1]。若到松江呼小渡，莫惊鸳鹭，四桥尽是、老子经行处。《辋川图》上看春暮[2]，常记高人右丞句。作个归期天定许，春衫犹是，小蛮针线[3]，曾湿西湖雨。

【注释】

〔1〕黄犬：狗名。

〔2〕《辋川图》：唐王维于蓝田清凉寺壁上曾画《辋川图》。

〔3〕小蛮：歌伎名。

【译文】

三年梦魂总飞向吴中故里路，送只传信黄犬随你回到故土。若到松江呼唤小舟前来摆渡，切莫惊吓了水近的鸥鸟白鹭。吴中地区四桥的河湾渡口处，当年都是我常常出游的去处。看辋川图如同吴中暮春景物，常常记起高士王右丞的诗句。定个还乡归期天公必然应许，身上春衫还是小蛮细针密线，曾经浸湿了西湖依依的泪雨。

【赏析】

这首词写送挚友伯因回吴中，抒发作者思乡盼归之情。上片抒写作者对苏坚归吴的羡慕和自己对吴中旧游的思念之情。过片使用虚笔，以王维诗画赞美吴中山水，抒发自己欲归不得的惜惋，间接地表现他对宦海浮沉的厌倦，笔致极委婉清丽，令人爱不释手。

临　江　仙

夜归临皋

苏　轼

夜饮东坡醒复醉，归来仿佛三更。家童鼻息已雷鸣，敲门都不应，倚杖听江声。　长恨此身非我有，何时忘却营营〔1〕！夜阑风静縠纹平〔2〕。小舟从此逝，江海寄余生。

【注释】

〔1〕营营：周旋、忙碌，内心躁急之状，形容为利禄竞逐钻营。

〔2〕夜阑：夜尽。縠纹：比喻水波细纹。縠，绉纱。

【译文】

夜饮东坡雪堂酒醒又酒醉了，醉了后归来恍惚已将近三更。家童全都睡着了鼾声如雷鸣，任你怎么敲门总也是叫不应，我倚靠着竹杖倾听江浪声音。长恨这身子不归我自己所有，何时忘却为利禄而奔走钻营！夜色将尽了风静水波也平静。一叶小舟去寄身江海了残生。

【赏析】

这首词是苏轼谪居黄冈时所作，反映了他的苦闷和激愤，表达了他渴望自由、寻求精神解脱的愿望。词的上片着意渲染其醉态，下片写酒醒时的思想活动。这首词做到了情、景、理的巧妙结合。

定风波

苏　轼

三月七日，沙湖道中遇雨，雨具先去，同行皆狼狈，余独不觉。已而遂晴，故作此。

莫听穿林打叶声，何妨吟啸且徐行。竹杖芒鞋轻胜马[1]，谁怕？一蓑烟雨任平生[2]。　料峭春风吹酒醒[3]，微冷，山头斜照却相迎。回首向来萧瑟处[4]，归去，也无风雨也无晴。

【注释】

〔1〕芒鞋：草鞋。

〔2〕一蓑（suō）：蓑衣，用棕制成的雨披。

〔3〕料峭：微寒的样子。

〔4〕向来：刚才。萧瑟：风雨吹打树叶声。

【译文】

不要害怕树林中风雨的声音，何妨放开喉咙吟唱从容而行。拄竹杖曳草鞋轻便胜过骑马，这都是小事情又有什么可怕？披一蓑衣任凭湖海中度平生。料峭的春风把我的酒意吹醒，身上略略微微感到一些寒冷，看山头上斜阳已露出了笑脸。回首来程风雨潇潇时的情景，归去不管它是风雨还是放晴。

【赏析】

本篇为醉归遇雨抒怀之作。这首词从自然界的晴雨变化，表现了作者任凭政治风云变幻，屡遭挫折也无所畏惧的倔强性格。作者旷达的人生态度和磊落的襟怀可见一斑。这实际上也是苏轼政治上不得志后追求精神上的自我解脱的安宁，也是其对现实社会的一种无力的思想反抗。

江 城 子

乙卯正月二十日夜记梦

苏 轼

十年生死两茫茫，不思量，自难忘。千里孤坟[1]，无处话凄凉。纵使相逢应不识，尘满面、鬓如霜。 夜来幽梦忽还乡，小轩窗，正梳妆。相顾无言，惟有泪千行。料得年年肠断处，明月夜、短松冈。

【注释】

〔1〕千里孤坟：王氏去逝后葬在四川。

【译文】

你我夫妻决别已经整整十年，强忍不去思念可终究忘不掉。千里之外那座遥远的孤坟啊，竟无处向你倾诉满腹的凄凉。纵然夫妻相逢你也认不出我，我已经是灰尘满面两鬓如霜。昨夜我在梦中又回到了家乡，在小屋窗口你正在打扮梳妆。你我二人默默相对惨然不语，只有流出淋漓热泪洒下千行。料想得到她年年想我的地方，就在明月的夜晚矮松的山冈。

【赏析】

苏轼首开以悼亡题材填词的先河。这首悼亡词运用分合顿挫，虚实结合以及叙述白描等多种艺术方法，来表达对亡妻的怀念，在对亡妻的哀思中又糅进自己的身世感慨，因而将夫妻之间的感情表达得深婉而执著。

贺 新 郎

苏 轼

乳燕飞华屋，悄无人、槐阴转午，晚凉新

浴。手弄生绡白团扇[1]，扇手一时似玉[2]。渐困倚、孤眠清熟[3]。帘外谁来推绣户？枉教人、梦断瑶台曲[4]，又却是，风敲竹。　石榴半吐红巾蹙[5]。待浮花浪蕊都尽[6]，伴君幽独[7]。秾艳一枝细看取[8]，芳意千重似束。又恐被、西风惊绿[9]。若待得君来向此，花前对酒不忍触。共粉泪，两簌簌[10]。

【注释】

〔1〕生绡：未漂煮过的生丝织物，即丝绢。白团扇：白色丝绢制作的圆形小扇。

〔2〕扇手：白团扇与素手。一时：一并、一齐。

〔3〕清熟：安稳熟睡。

〔4〕枉：空、白。瑶台：美玉砌成的楼台，传说中的昆仑山仙境。曲：深曲之处。

〔5〕蹙（cù）：皱叠的样子。

〔6〕浮花、浪蕊：指浮艳争春的花朵。

〔7〕幽独：幽辟、孤独。

〔8〕秾艳：茂盛而鲜艳。

〔9〕惊绿：形容秋风吹得榴花凋谢，仿佛惊恐得只剩下绿叶。

〔10〕两簌簌：指落花与粉泪簌簌同落的样子。

【译文】

雏燕儿穿飞在华丽的房屋里，四下里静悄悄没有一个人影、槐树树阴已经转向到了正午，晚间凉爽美人刚刚沐浴完毕。手里摇弄着白色的丝绢团扇，团扇与素手似白玉一样凝酥。渐渐困倦斜倚独自睡得香熟。帘外是谁来推响彩绣的门户？白白地叫人惊散了瑶台仙梦，原来是夜风敲响了翠绿竹子。那半开的石榴花像红巾叠簇。等到浮艳争春的花朵凋谢完，它就来陪伴孤独的美丽佳人。取一枝　艳榴花细细地观看，千重花瓣儿正像美人的芳心。又恐被西风惊得只剩下绿叶。若等得美人来到面对此情景，残花之前对酒竟是不忍触目。只有泪珠花瓣一起簌簌落下。

【赏析】

《贺新郎》，宋人常用的长调之一。首见于苏轼词，因词中有“晚凉新浴”，亦题为《贺新凉》。毛先舒《填词名解》卷三谓此调系苏轼所创。

这首词通过对一个孤独、抑郁的女子的细致刻画，表达了作者仕途多舛、壮志难酬的身世之慨。上片描写在清幽环境中的一位美人，她高洁绝尘，又十分孤独寂寞。“帘外谁来推绣户”几句，如梦似幻，动而愈静，极其婉曲地表现了女主人公的孤寂。下片转而咏榴花，这不与“浮花浪蕊”为伍的榴花，也即是女主人公的象征。最后四句描写美人和榴花的迟暮之叹。这首词意象清隽，托意高远。

望海潮

秦　观

梅英疏淡，冰澌溶泄[1]，东风暗换年华。金谷俊游，铜驼巷陌，新晴细履平沙。长记误随车，正絮翻蝶舞，芳思交加[2]。柳下桃蹊[3]，乱分春色到人家。　西园夜饮鸣笳[4]，有华灯碍月，飞盖妨花[5]。兰苑未空，行人渐老[6]，重来是事堪嗟。烟暝酒旗斜[7]。但倚楼极目，时见栖鸦。无奈归心，暗随流水到天涯。

【注释】

〔1〕梅英：梅花。冰澌（sī）：冰块流融。溶泄：溶解流泄。

〔2〕芳思：春天引起的情思。

〔3〕桃蹊：桃树下的小路。

〔4〕西园：即金谷园。笳：胡笳，古代西北少数民族的一种管乐器。

〔5〕飞盖：飞驰车辆上的伞盖。

〔6〕兰苑：美丽的园林，亦指西园。

〔7〕烟暝：烟霭弥漫的黄昏。

【译文】

梅花稀疏淡雅冰河渐渐融化，春风吹拂暗暗换了金色年华。想昔日金谷胜游的园林景色，铜驼大街小巷的那样般繁华，趁新晴漫步在雨后的平沙上。总记得曾误追了别人家香车，那时正值柳絮翻飞蝴蝶翩舞，春天引发的情思撩乱相交加。杨柳树阴儿下面的桃花小径，乱纷纷将春色送到万户千家。夜晚西园宴饮弦管歌乐交加，华灯灿烂辉煌掩蔽明月光华，车辆如飞来往妨碍人们赏花。花园尚未凋残游子渐生霜发，重来旧地事事都是感慨吁嗟。暮霭里一面酒旗斜斜高高挂。独自一人空倚着楼纵目远眺，时而看见栖息在树上的归鸦。我那不可抑制的思归之心啊，已暗自随着流水奔到了天涯。

【赏析】

本词抒写今昔之慨，由今感昔，又由昔慨今，错综交织，而以怀旧为主。词中以“陈、隋小赋”手法极力铺叙过去的欢乐，句法丽密，而目前的凄清冷落，却只以疏笔借景物点染，形成强烈对照，感人至深。秦观词向以“情韵”著称，语言工巧、文字精密。这首词中“柳下桃蹊，乱分春色到人家”二句，尤为脍炙人口。一个“乱”字点出了春天的勃勃生机思路幽绝，令人激赏。

八六子

秦观

倚危亭，恨如芳草[1]，萋萋刬尽还生[2]。念柳外青骢别后[3]，水边红袂分时[4]，怆然暗惊。

无端天与娉婷[5]，夜月一帘幽梦，春风十里柔情。怎奈向、欢娱渐随流水，素弦声断，翠绡香减[6]。那堪片片飞花弄晚，濛濛残雨笼晴。正消凝[7]，黄鹂又啼数声。

【注释】

〔1〕危亭：高耸的楼亭。

〔2〕刬(chǎn)：通“铲”，消除。

〔3〕青骢：骏马名，指行人。

〔4〕红袂（mèi）：红袖，代指女子。

〔5〕无端：没来由，无缘无故。娉婷：姿容娇美的样子。

〔6〕翠绡：碧丝纱巾。

〔7〕消凝：消魂凝魄，极度伤神之意。

【译文】

倚着危耸高亭离恨如同芳草，青翠茂密的草铲尽还会复生。回想柳树外青骢马离别匆匆，流水边那红袖女子分手依依，不禁悲怆痛楚暗自心惊肉跳。没来由天公赠与她娇美姿容，月夜同枕幽梦她那脉脉深情，比十里长街上春风还要温柔。怎奈何爱悦欢情随流水消逝，琴弦声音已断碧纱巾芳香减。怎忍飞花片片逗引暮色昏暗，残雨濛濛笼罩着晚上的天空。正在独自一个人凄然地伤神，黄莺儿又悲伤地啼叫了几声。

【赏析】

《八六子》，唐词调名，始见于《尊前集》载杜牧词。

此词抒写怀人之情，融情于景，以景衬情，使词所表达的感情更加含蓄、深沉。正如张炎《词源》所云："离情在情景交炼，得言外意。"结句"正消凝，黄鹂又啼数声。"备受历代词家推崇。本词清丽精美，音律柔曼和谐，是情韵兼胜的佳作。

满庭芳

秦　观

山抹微云，天粘衰草，画角声断谯门。暂停征棹[1]，聊共引离尊[2]。多少蓬莱旧事，空回首、烟霭纷纷。斜阳外，寒鸦万点，流水绕孤村。

销魂，当此际，香囊暗解，罗带轻分[3]。漫赢得青楼，薄幸名存。此去何时见也?襟袖上、空惹啼痕。伤情处，高城望断，灯火已黄昏。

【注释】

〔1〕征棹：棹，船的大桨，借代指船。征棹指远行的船。

〔2〕引离尊：端起离别时的酒杯。引，举起，端起。

〔3〕香囊暗解：谓男女情连。罗带轻分：古人结罗带以象征相爱；罗带轻分

表示离别。

【译文】

远山萦绕着淡淡的浮云，枯草连着苍天一望无垠，城楼上的画角断了号音。暂时停下远行的船桨吧，姑且共举这离别的酒樽。蓬莱阁曾经有多少往事，到而今白白地空自回首，已经是纷纷迷乱的烟云。斜阳夕照寒空乌鸦万点，潺潺的流水绕过了孤村。伤心啊在这离别的时刻，相互赠送信物临别情深。在妓女面前只落个薄情。此时一离去何时相见呵？泪水徒然洒满了那衣襟。真是令人伤情痛楚之处，高城从远望视线中消隐，只一片灯火闪烁的黄昏。

【赏析】

这首词铺写男女恋人离别时的哀愁之情，以寄托自己仕途蹭蹬不遇的感怀。上片主要写景，写秋日黄昏凄迷黯淡的景物以宣泄离情之苦；下片着重抒情，通过对分手时情景的描绘进一步表现了主人公的眷恋之情，其间亦融入了作者的身世之感。“山抹微云，天粘衰草。”已成为千古传诵的写景佳句。

浣溪沙

秦　观

漠漠轻寒上小楼[1]，晓阴无赖似穷秋[2]，淡烟流水画屏幽。　自在飞花轻似梦，无边丝雨细如愁，宝帘闲挂小银钩。

【注释】

〔1〕漠漠：朦胧弥漫的样子。

〔2〕无赖：无心思、无意趣。

【译文】

薄薄春寒无声息地侵入小楼，拂晓阴云惨淡像荒凉的暮秋，彩色屏风画着淡烟笼罩流水。柳絮飞舞如虚无飘缈的梦境，丝丝细雨落下如同我的忧愁，万般无奈我把精美帘幕挂起。

【赏析】

这首词被认为是秦观小令中的压卷之作，词中描写了闺中女子的淡淡闲愁和哀思，宛转幽怨。“自在飞花轻似梦，无边丝雨细如愁”二句，历来备受赞赏，被誉为“奇语”。这首词以清丽优美的语言描绘了一位相思女子的精小的阁楼和她闲淡的精神世界，这两者全容纳在寥寥三十几字的小令之中，却做得仿佛一件精美玲珑的艺术盆景，或如一块琢磨剔透的美玉，令人久久欣赏把玩，爱不释手。

忆少年

别历下

晁补之

无穷官柳[1]，无情画舸[2]，无根行客[3]。南山尚相送，只高城人隔。　罨画园林溪绀碧[4]，算重来，尽成陈迹。刘郎鬓如此，况桃花颜色。

【注释】

〔1〕官柳：大道旁的柳树。

〔2〕画舸：画船。

〔3〕无根：形容四处飘游、行踪无定。

〔4〕罨（yàn）画：色彩鲜明的绘画。绀（gàn）：深红之色。

【译文】

官道两旁杨柳成行一望无垠，画船无情地挂起远航的征帆，游子在外四处流浪漂泊不定。南山尚有情分似乎也来相送，只是高高城墙把人隔在墙内。园林景色如画溪水碧青如染，就算是一切都能够重新再来，也已物是人非如同陈迹一般。刘郎的鬓发也已经花白如斑，何况是那些最易飘零的桃花。

【赏析】

这首词上片描写行客离别时的愁绪和恋恋不舍的心情，下片盛赞历下园林景色绮丽秀美，而后又设想日后旧地重游，人、景皆非的情况，不胜感慨，无限怅惘。全词语辞清丽婉雅而不绮艳，情意缠绵真挚而不媚软，韵味久耐咀嚼。

洞 仙 歌

泗州中秋作

晁补之

青烟幂处〔1〕，碧海飞金镜。永夜闲阶卧桂影〔2〕。露凉时，零乱多少寒螿〔3〕，神京远，惟有蓝桥路近〔4〕。　水晶帘不下，云母屏开〔5〕，冷浸佳人淡脂粉。待都将许多明，付与金尊〔6〕，投晓共流霞倾尽〔7〕。更携取胡床上南楼〔8〕，看玉做人间，素秋千顷。

【注释】

〔1〕幂（mì）：遮掩、覆盖。

〔2〕永夜：长夜。闲：空。

〔3〕寒螿（qióng）：秋蝉。

〔4〕神京：京都汴都。

〔5〕云母屏：以透明似玻璃的云母制成的屏风。

〔6〕金尊：金杯。

〔7〕投：到。流霞：仙酒，兼指朝霞。

〔8〕胡床：一种可折叠的坐具，又称交椅、绳床。南楼：在湖北鄂城县南。

【译文】

青烟笼罩苍穹皓月穿破云层，就像从碧海中飞出一面金镜。长夜的空阶上卧着桂树斜影。夜露渐凉之时多少秋蝉噪鸣，京都那么遥远反倒月宫更近。高卷水晶帘儿展开云母屏风，美人的脂粉浸润了夜月清冷。要把月光一起加入到美酒中，觥筹交错开怀畅饮直到天明，连带月光和美酒都一起喝光。然后携带一张胡床登上南楼，再去观望那白玉铺成的人间，去领略素白澄洁的千顷清秋。

【赏析】

这首词是作者任泗州知州时所作。全词通篇写中秋赏月。语句精炼工丽，清婉隽雅；意远韵长，神姿高秀，才气飘逸。

惜分飞

富阳僧舍作别语赠妓琼芳

毛滂

泪湿阑干花著露〔1〕，愁到眉峰碧聚。此恨平分取，更无言语空相觑〔2〕。　断雨残云无意绪，寂寞朝朝暮暮。今夜山深处，断魂分付潮回去。

【注释】

〔1〕阑干：纵横的样子。

〔2〕觑（qù）：看。

【译文】

你泪流满面像花朵挂着露滴，紧锁的双眉凝聚着离愁别绪。一种离别怨恨你我平均分取，却只是面面相觑无一句言语。恋情似阵雨以后将天各一方，日夜饱受寂寞和那相思之苦。今夜我将住在深山之中客栈，要让离魂随江潮回去陪伴你。

【赏析】

《惜分飞》是词牌名，可能是他的自度曲。全词抒离别之情，无一绮丽艳语，却见一往情深。

上片写依依惜别的深情，用画龙点睛笔法，特写泪眼愁眉，尽见愁苦。然后以男主人公的“平分取”呼应。再以“无”、“空”之虚见实，既知离情别绪的不可言喻，又见两人的心心相印。从外表的神态写到内在的心态，简中有繁。

下片写词人深山羁旅的凄苦与思念。先写别后的怅恨，暗用“巫山云雨”典故反衬，对比强烈，更见凄怨。后写心愿，“潮”是意念中物，“分付”更是幻想，由此再现二人深厚的情谊。后人评本词“语尽而意不尽，意尽而情不尽”非常恰当。

洞 仙 歌

李元膺

一年春物，惟梅柳间意味最深，至莺花烂漫时，则春已衰迟，使人无复新意。余作《洞仙歌》，使探春者歌之，无后时之悔。

雪云散尽，放晓晴庭院。杨柳于人便青眼。更风流多处，一点梅心，相映远，约略颦轻笑浅[1]。

一年春好处，不在浓芳，小艳疏香最娇软[2]。到清明时候，百紫千红花正乱，已失春风一半。早占取、韶光共追游[3]，但莫管春寒，醉红自暖。

【注释】

〔1〕约略：大概，差不多。颦（pín）：皱眉。

〔2〕疏香：借指梅花。

〔3〕韶光：美好的时光，常指春光。

【译文】

纷纷乱乱的大雪后阴云散尽，天空已然放晴阳光照着庭院。杨柳绽放新叶遇人便露媚眼。更有风流多情是那一点梅心，远远地与那片杨柳相互映衬，隐约露出淡淡的哀愁和笑容。一年最美春景不是繁花浓艳，梅柳绽放花姿香气最是娇媚。到了清明时节繁花一片纷乱，已经丧失了春光美景的一半。及早占取春光共同游乐追欢，莫管料峭春寒酒后自然温暖。

【赏析】

本词咏的是梅柳的意味，抒的是“春已迟暮”的惜春之情，而真正的意念却在“无后时之悔”及时行乐的人生哲理。虽不可取，但却能给人以警觉。上片写早春梅柳的绰约风姿。先是说雪霁云散，大地春回，大自然对人们意味最深的是杨柳，那枝条上表绿的嫩叶，对对互生，宛如双双媚眼，脉脉有情，这种拟人笔法实在精妙。下片托物言志，借春领悟人生。常人爱春，是求浓艳浓香，而诗人却认定“小艳疏香”。这首词写春景春意确别出机杼，发人深思，让人回味悠长。

卜算子

李之仪

我住长江头，君住长江尾。日日思君不见君，共饮长江水。 此水几时休？此恨何时已？只愿君心似我心，定不负相思意。

【注释】

〔1〕已：停止。

【译文】

我住长江源头君住在长江尾。天天思念你却总是见不到你，却共同饮着这一条长江之水。这条江水何时不再这般流动？这份离恨什么时候才能停息？只是希望你的心如同我的心，我一定不会辜负你的相思意。

【赏析】

这首小令仅四十五字，却言短情长。全词围绕着长江水，表达了人间的思念和别离的痛苦。

全词处处是情，层层递进而又回环往复，短短数句却感情起伏。语言明白如话，感情热烈而直露，显然是吸取了民歌的优良传统。但质朴清新中又曲折委婉，含蓄而深沉。显示出高超的艺术技巧。在北宋词作中也不可多得。

瑞龙吟

周邦彦

章台路，还见褪粉梅梢〔1〕，试花桃树。愔愔坊陌人家〔2〕，定巢燕子，归来旧处。 黯凝伫，因念个人痴小，乍窥门户〔3〕。侵晨浅约宫黄〔4〕，障风映袖，盈盈笑语。 前度刘郎重到，访邻寻里，同时歌舞，惟有旧家秋娘[5]，声价如故。吟笺赋笔，犹记燕台句。知谁伴，名园露饮[6]，东城闲步？事与孤鸿去，探春尽是，伤离意绪。官柳低金缕，归骑晚[7]、纤纤池塘飞雨。断肠院落，一帘风絮。

【注释】

〔1〕章台路：借指歌伎聚居的地方。

〔2〕愔愔（yīnyīn）：安静的样子。坊陌人家：即坊曲人家，唐时常指歌伎所居的教坊。

〔3〕乍窥门户：指姑娘刚开始倚门卖笑。

〔4〕宫黄：宫女用来涂抹的黄色。在鬓角涂饰微黄，叫“约宫黄”或“约黄”。

〔5〕秋娘：泛称歌伎。

〔6〕露饮：脱帽饮酒，表示豪放不羁。

〔7〕骑（jì）：一人一马。

【译文】

漫步章台路梅花谢街巷繁华，桃花初升歌舞人家一片寂静，筑巢定居燕子返回旧日居处。黯然凝神伫足怀念可爱的她，经常从这门里边往外面窥探。大清早就浅浅地涂上了额黄，扬起挡风红袖轻盈笑语如珠。前次来访的刘郎今天又重到，为我献舞的只是以前的歌女，她们的声名仍犹如当初一样。我吟诗撰文犹记她知音倾慕。不知道她如今陪伴着哪一位，名园露天饮酒东城闲游漫步？往昔乐事已经随着孤雁远去，我原先只是为了探春而来的，却只得了这一腔离情和别绪。官道上绿柳低垂着金色丝缕，天色已经很晚了才骑马归去、池塘里又落下了纤纤的飞雨。那座令人相思断肠的院落呵，满帘都是那随风扑飞的柳絮。

【赏析】

本篇为寻旧忆人词。此调为双拽头三片(中片字句与上片同)。这首词虽也是怀旧之作，“不过人面桃花，旧曲翻新耳”(周济《宋四家词选》)。也是唐人崔护式的故事。但描写却十分细腻，结构也缜密，且将写景、叙事、抒情融为一体，有很强的艺术感染力。全词今今昔昔，往复回环，离合顺逆相间，虚虚实实，动静结合，足见结构的缜密，叙事的曲折精妙，与所抒缠绵而沉郁的复杂感情达到至臻完美的和谐境界。

风　流　子

周邦彦

新绿小池塘，风帘动、碎影舞斜阳。羡金屋去来[1]，旧时巢燕；土花缭绕，前度莓墙[2]。绣阁里、凤帏深几许？听得理丝簧[3]。欲说又休，虑乖芳信；未歌先噎，愁近清觞[4]。遥知新妆了，开朱户、应自待月西厢。最苦梦魂，今宵不到伊行[5]。问甚时说与，佳音密耗，寄将秦镜，偷换韩香？天便教人，霎时厮见何妨！

【注释】

〔1〕金屋：原是金屋藏娇中的金屋，这里指闺阁。

〔2〕土花：苔藓。莓墙：长满青苔的墙。

〔3〕丝簧：借代管弦乐器。

〔4〕清觞（shāng）：清酒。觞，盛有酒的杯子。

〔5〕伊行（háng）：她那里。

【译文】

清新的绿波涨满了小池塘，风儿吹得那帷帘摇摇晃晃、细碎的帘影舞动映着斜阳。羡慕燕子在闺房飞去飞来，旧日的归燕筑巢在那屋梁；绿色苔藓又伸延又是缭绕，在前番长过青苔的那高墙。她的闺房绣凤帏帐有多深？竟可以听得到她吹奏丝簧。幽怨欲言又只怕误了佳音；未唱歌先抽咽清酒也厌愁。远远就知道她梳理了新妆，推开窗该是等明月照西厢。遗憾的是梦中也无法陪她。何时才能向她倾诉订密约，寄与她明镜偷换她的异香？天公啊就与人行个方便吧，叫我们相见片刻又有何妨！

【赏析】

这首词抒写的是对昔日所爱之人思念的深情。上片写春日黄昏的景色和对深闺中那情人可望不可及的忧伤。下片是想象，想象情人，她如何大胆出来与自己幽会偷情。相思之情层层推进，抒发得淋漓酣畅。虽大胆却又不直露，虽荒唐却又觉纯正情深。论家认为周邦彦词善于引用前人诗句，融化典故，自然贴切，浑然无迹，本词可见一斑。

兰陵王

周邦彦

柳阴直，烟里丝丝弄碧。隋堤上、曾见几番，拂水飘绵弄行色。登临望故国，谁识、京华倦客？长亭路、年去岁来，应折柔条过千尺。　闲寻旧踪迹，又酒趁哀弦，灯照离席，梨花榆火催寒食。愁一箭风快，半篙波暖，回头迢递便数驿，望人在天北。　凄恻，恨堆积。渐别浦萦回[1]，津堠岑寂[2]，斜阳冉冉春无极。念月榭携手，露桥闻笛。沉思前事，似梦里，泪暗滴。

【注释】

〔1〕别浦：原指银河，这里借指分别的水路。

〔2〕津：渡口。堠（hòu）：古代察看敌情的土堡。津堠，指码头上可供守候、住宿的处所。

【译文】

路边杨柳的阴影绵延而笔直，烟雾里丝丝垂条泛起了绿波。在隋堤上曾经多少次看到过，拂流水飘飞絮送别那些旅客。登上高坡遥望杭州我的故乡，谁能理解我客居京城的苦涩？十里长亭道路年去年来送行，攀折柳条寄别情该有千尺多。无所事事闲来寻思旧日踪迹，曾趁着凄哀的弦音举杯敬酒，华灯照着那离别时候的宴席，梨花榆柳新火催促清明到来。离愁萦怀啊航船顺风像飞箭，半竿竹篙劈开了温暖的波面，回头之间便驶过了几座驿站，望眼送行人就在正北的天边。凄哀悲凉啊愁恨在心中堆积。渐渐地人离去送别河岸弯弯，津渡的土堡之上是一片静寂，斜阳渐渐西沉春色绚丽无际。想起月下水榭之边携手欢愉，还在夜露凝结的桥头听笛曲。深沉地思念那些难忘的往事，恰似在梦里暗暗洒下了泪滴。

【赏析】

本篇抒写离情别恨，表现羁旅愁怀。全词分三迭。首迭借咏柳写别离之恨。二迭写自己的离别。三迭写渐远之后凄恻情怀。

全词分往昔、她我、送留、想像与现实反复套迭，叙事抒情萦回曲折，似浅实深，耐人寻味。此词在当时就广为流传，被誉为“渭城三叠”。

满庭芳

夏日溧水无想山作

周邦彦

风老莺雏，雨肥梅子，午阴嘉树清圆。地卑山近，衣润费炉烟。人静乌鸢自乐〔1〕，小桥外，新绿溅溅。凭阑久，黄芦苦竹，疑泛九江船。　　年年，如社燕〔2〕，飘流瀚海〔3〕，来寄修椽〔4〕。且莫思身外，长近尊前。憔悴江南倦客，不堪听，急管繁弦。歌筵畔，先安簟枕，容我醉时眠。

【注释】

〔1〕乌鸢（yuān）：乌鸦。

〔2〕社燕：燕子春社时飞来，秋社时归去，故称。

〔3〕瀚海：沙漠。这里泛指遥远、荒僻的地方。

〔4〕修椽（chuán）：长的椽子。

【译文】

在和煦暖风中黄莺渐渐长大，夏天细雨润得梅子鲜圆肥大，正午茂密的绿树阴笼罩地面。如此低洼的地势靠近了远山，衣服潮湿总费些炉火来烘干。人声静寂乌鸦自在地啼鸣着，小桥外边新涨绿水湍流激溅。久久凭栏凝望遍地黄芦苦竹，怀疑自己是白居易泛舟九江。年复一年如春来秋去的社燕，飘飞流浪在大漠和荒原之上，暂时寄居在人家的屋檐之下。且不去想那功名业绩和富贵，还是如此怡心常坐在酒樽前。我这疲倦憔悴的江南游子啊，再不忍听到激越繁复的管弦。就在歌宴边先安放一套席枕，让我在酒醉的时候随意安眠。

【赏析】

本篇为抒写羁旅游宦愁怀之词。这首词就反映了他对这种官宦生活的厌倦和流放式生活的不满。上片写江南初春景色。下片感叹身世，抒发长年漂泊的苦闷心境。全词体物精致、文思荡漾、时叹时解，转折跌宕，于“沉郁顿挫中别饶蕴藉”。

解语花

上元

周邦彦

风消焰蜡，露浥烘炉[1]，花市光相射。桂华流瓦[2]，纤云散、耿耿素娥欲下[3]。衣裳淡雅，看楚女纤腰一把。箫鼓喧，人影参差，满路飘香麝。

因念都城放夜，望千门如昼，嬉笑游冶[4]。钿车罗帕，相逢处、自有暗尘随马。年光是也，惟只见、旧情衰谢。清漏移，飞盖归来，从舞休歌罢。

【注释】

〔1〕绛（jiàng）蜡：红烛。浥（yì）：沾湿。

〔2〕桂华：月光。传说月中有桂树，所以这里以桂代月。

〔3〕耿耿：光明貌。素娥：月中嫦娥。

〔4〕放夜：开放夜禁。千门：指皇宫深沉，千门万户。

【译文】

春风吹得蜡烛光焰飘飘摇摇，蜡烛泪融消浸湿了花灯笼罩，花市彩灯纷繁光焰映照大地。桂月的光华流溢于屋瓦之上，云缕消散仿佛嫦娥翩然欲下。身上穿的衣裳是多么的淡雅，看南国娇娃腰肢苗条恰一把。凤箫锣鼓喧杂往来人影杂沓，麝香气息从女子红袖中散发。因而想起都城的开放的夜晚，望宫门如白昼士女嬉笑遨游。装饰金花的彩车里香帕传情，情人相逢自有尘埃跟在马后。今年时候的光景想必是依旧，只是我旧日的豪情已然衰朽。滴漏转移时光渐逝车儿回来，任凭人们纵情地歌舞和玩耍。

【赏析】

本词牌也是周邦彦独创。以元宵节为题材的词作颇多，本词自有特色。它既描写了当时当地(时作者正在荆南——湖北江陵)元宵盛况，又有对汴京元宵节的回忆，也有自己意兴消沉的抒情，三者有机融合，隐约地流露出去国离乡，今不如昔的感叹。上片写元宵夜街头美景。下片联想到京城元宵的情景以及追昔抚今的伤感。全篇一气呵成，陈廷焯尤赞“半后阙纵笔挥洒，有水逝云卷，风驰电掣之感。”

蝶恋花

周邦彦

月皎惊乌栖不定。更漏将阑，轳辘牵金井[1]。唤起两眸清炯炯，泪花落枕红绵冷。　　执手霜风吹鬓影。去意徊徨，别语愁难听。楼上阑干横斗柄[2]，露寒人远鸡相应。

【注释】

〔1〕更漏：古代夜间以铜壶滴水计时，一夜分五更，故称。阑：尽。轳辘（lì lù）：象声词，井上汲水器绞动的声音。

〔2〕阑干：横斜的样子。斗柄：北斗星的第五至第七的三颗星形似斗柄，故称。

【译文】

月光皎洁受惊乌鸦栖息不定。更声将止井台传来轳辘声音。唤她告别之时她已双眸清莹，泪花流湿了红棉枕斑斑冰冷。拉手出门寒风吹动她的鬓影。离别时刻的心情惆怅而不安，离别的话儿愁苦不忍再听到。她的楼上是横斜的北斗星柄，离人已走远耳边只传来鸡鸣。

【赏析】

这首词写闺人恋别。上片起三句，由送行人枕上所闻的乌声、漏声和辘轳声写曙色欲破之景。“唤起”二句将凄婉情怀，惊怯意态曲曲绘出。下片写临别及别后景况。“执手霜风，”见已登程；“去意”、“别语”则饱含千般叮咛、万种嘱咐。末二句上写空闺，下写野景，一笔而两面俱到。

全词写别，层次井然，抒写曲折缠绵，委婉动人，读后令人意想绵绵。

拜星月慢

周邦彦

夜色催更，清尘收露，小曲幽坊月暗。竹槛灯窗，识秋娘庭院。笑相遇，似觉琼枝玉树相倚[1]，暖日明霞光烂。水盼兰情，总平生稀见。　画图中、旧识春风面[2]，谁知道，自到瑶台畔。眷恋雨润云温，苦惊风吹散。念荒寒、寄宿无人馆，重门闭、败壁秋虫叹。怎奈向、一缕相思，隔溪山不断。

【注释】

〔1〕琼枝玉树：比喻人姿容秀美。

〔2〕画图：借用王昭君的故事。春风面：指容貌美丽。

【译文】

夜色催动更鼓轻尘吸收露水，狭小幽静曲坊月色朦胧昏暗。青竹的栏槛灯光透过了窗帘，我认出那是秋娘居住的庭院。她笑盈盈来到面前与我相见，觉得如玉树与琼枝依倚委婉，像暖日与明霞光辉一般灿烂。水灵灵的眼睛如幽兰般动情，美丽容貌总是我一生所罕见。图画上曾认得她青春的容颜，谁料想自那瑶台边与她幽会。那温润缠绵的欢爱令人眷恋，痛苦的是那惊风将鸳鸯吹散。想我荒凉凄寒寄居无人驿馆，重门紧闭破壁里秋虫声声叹。无可奈何一缕相思情意绵绵，即使我们之间隔山川也不断。

【赏析】

本词写男主人公在一个秋日的孤馆里，对昔日情事的追忆。上片回忆初识伊人令自己销魂的情景。首三句先创造了初会的幽静环境，次二句由坊入庭，更以竹槛灯窗，创造了静谧的气氛。“笑相遇”之后，那神采照人的感觉不可言喻，就连用两个比喻，简直扫除了月色灯光的昏暗。“惊艳”的感受写得含蓄而深刻。在无法言喻中，主人公对她的美貌和柔顺的性情，只好说“平生稀见”一言蔽之了。下片写今日相思之情的深重。换头一句，是上片的延伸，反复渲染她的美貌和自己的幸运，以及相会的甜蜜。“苦惊风吹散”一句，道尽了作者当时内心的苦楚，而回肠百转的相思之情，也尽在一个“苦”字之中。“念”领起现今的感叹，处处与昔日情景对比。“怎奈何”又推进一层，虽怨怀难释，但此情坚贞不移，此一往情深伊人未必知，令人感动。

尉迟杯

周邦彦

隋堤路，渐日晚、密霭生烟树。阴阴淡月笼沙，还宿河桥深处。无情画舸，都不管，烟波隔南浦。等行人、醉拥重衾，载将离恨归去[1]。　因思旧客京华，长偎傍、疏林小槛欢聚。冶叶倡条俱相识[2]，仍惯见、珠歌翠舞。如今向、渔村水驿，夜如岁、焚香独自语。有何人、念我无聊，梦魂凝想鸳侣。

【注释】

〔1〕画舸：采绘的大船。浦：水滨。衾（qīn）：被子。

〔2〕冶叶倡条：指歌伎舞女。

【译文】

一条隋堤水路渐渐昏黄日暮，暮霭从烟雾笼罩的林中升起。淡朦朦的月色笼罩在沙滩上，我还是泊舟在河桥深处夜宿。那些无情无意的美丽画船呵，全不管浩渺烟波阻隔了南浦。只是等行人沉醉地拥被酣眠，便载着行人与离恨上了归途。回想从前在京华作客的时候，经常依偎在疏林中槛前欢聚。与那些歌伎和舞女都很熟悉，依然看惯了珠光宝气和歌舞。如今我转向渔家水路的驿站，度夜如年孤独一人自言自语。谁能想到我此时的寂寞孤独，我多么想在梦境中见见情侣。

【赏析】

此词乃作者宦旅途中所作，其中既有离情，又有羁愁，更兼身世之叹。上片写系缆处的凄迷景色和离愁。首二句交代时间，十一个字勾勒了一幅“长堤烟树”的美妙画卷。但也是远行暮宿的典型环境。次二句交代系舟独宿，“还”字说明已非首次了。“无情”二句，借以表达前程的迷茫，写得深沉。末二句直说满船全是载“别恨”而见主题。下片抚今追昔，写旅途的寂寞凄清。“因思”总领以下五句，追忆客居京华的繁华与欢乐，目的是与下面“如今”二句的独宿渔村作对比，映衬现今的落寞。“有何人”二句，以人不念我，我却念人作结，可谓一往情深。

青玉案

贺　铸

凌波不过横塘路，但目送、芳尘去。锦瑟华年谁与度？月桥花院，琐窗朱户[1]，只有春知处。

碧云冉冉蘅皋暮[2]，彩笔新题断肠句。试问闲愁都几许？一川烟草，满城风絮，梅子黄时雨。

【注释】

〔1〕琐窗：雕成连锁形花纹的窗。

〔2〕冉冉（rǎn rǎn）：流动的样子。蘅皋：长着杜蘅的水边高地。杜蘅，香草名。

【译文】

你步履轻盈却不肯来到横塘，依旧凝望目送你带走了芬芳。你与谁相伴共度这美好时光？月桥花屋朱门映着美丽花窗，只有春风才知你生活的地方。碧云飘飘的杜蘅洲暮色苍茫，我用彩笔写下这伤心的诗行。如果要问我的伤心多深多长？那就像一川烟雨笼罩的青草，满城飞絮如同梅子黄时的雨。

【赏析】

本词写对心目中情人的眷恋、怀想和闲愁。上片写眷恋和怀想。开头突兀，既是心目中人，却“不过”，自己也只是“目送”。怕是有无端阻隔，情意难通了。接下去又别出心裁，去猜想她与谁在一起共度华光。继而四处搜寻，不了了之，只落得无限怅惘。下片写相思的愁苦。在美好的夜晚，在充满幽情的水滨，恋情激发了诗情。想自己飞扬的文词可能打破种种阻隔，赢得她的芳心。可笔未提纸未铺，却是“愁都几许”。连用三个比喻，只能说“愁无穷尽”了。那么，全词是否借思念美人而不见，愁思缠绵而无穷，还另有意味呢?值得玩味。不过须强调的是，贺铸他作词向来不屑于缠绵的男女之情，他落笔高远，不同俗常。

感皇恩

贺　铸

兰芷满汀洲，游丝横路[1]。罗袜尘生步，迎顾，整鬟颦黛，脉脉两情难语。细风吹柳絮、人南渡。　回首旧游，山无重数。花底深、朱户何处?半黄梅子，向晚一帘疏雨。断魂分付与、春将去。

【注释】

〔1〕兰芷（zhǐ）：香兰、白芷，都是香草。汀（tīng）洲：汀，水边平地。洲，水中陆地。

【译文】

白芷长满汀洲游丝路上飘游。迈着轻盈脚步前来把我迎候，撩发皱眉两情脉脉无法倾诉。轻风吹拂柳絮她乘船南去了。回望同游之处数不尽的山峦。在那花香深处哪里是她金屋?梅子成熟大半傍晚下了细雨。春天请把我的烦恼一并带走。

【赏析】

这也是一首爱情词。全词写相见不能相爱的怅恨。上片写两人乍见又别的情景。首两句写景，汀洲虽美，但突然飘来的游丝却横路阻挡，已暗示着爱情被意外飞来的变故所阻。虽然，伊人仍是热情迎候，但相见后便“整鬟颦黛”表现出一副尴尬的姿态和满腹的心事，但是对爱人却仍有无限亲情。结果是“人南渡”，她又飘然回去。下片写相思的愁苦。“回首”二句，写旧地重游。汀洲不见了兰芷，却“山无重数”，写隔绝之深。“朱户何处?”花事将尽，春光不多，可她杳无踪影。在迷惘中，又一场疏雨，更增添了失恋的凄楚，结句也是一种无可奈何的自我了结。全词不仅借景抒情，情景交融，而且景物深化了情思。“满”充满爱的希望，“横”出现了枝节，“吹”造成了离别。步步推进。抒情委婉而曲折，情景疏淡而又浓烈。似情非情，或许又有寄托。

石州慢

贺 铸

薄雨收寒，斜照弄晴，春意空阔。长亭柳色才黄，倚马何人先折?烟横水漫，映带几点归鸿，平沙消尽龙荒雪[1]。犹记出关来，恰如今时节。
将发，画楼芳酒，红泪清歌[2]，便成轻别。回首经年，杳杳音尘都绝。欲知方寸[3]，共有几许新愁?芭蕉不展丁香结。憔悴一天涯，两厌厌风月。

【注释】

〔1〕平沙：广漠的沙漠。龙荒：指塞外荒漠。

〔2〕红泪：指妇女的眼泪。

〔3〕方寸：指心。

【译文】

薄雨收敛寒气斜阳映照晴空，天地间到处洋溢着春的气息。十里长亭路边的柳树已嫩黄，不知何人倚马折柳枝以送行?烟霭弥漫的河边春水溢漫，映带着远天的几点归来鸿雁，广阔的荒塞上春雪完全消融。还记得出关时也是这样情景。出发前你在画楼为我饯行时，你流着泪为我唱哀怨的歌声，没有想到竟然这样轻易离别。回首往事已经一年音信全无。你要知道我心里有多少新愁?就像芭蕉卷曲丁香打结重重。又是如同远隔天涯一样憔悴，两地苦相思空对风清和月明。

【赏析】

本词一作《石州引》，词中因有“长亭柳色才黄”句，故又名《柳色黄》。本词虽也是写别情，但角度不同，且以追叙结构表现。上片写早春初晴的黄昏景色。开头三句，先是雨收初寒，再是天气放晴，最后春意空阔。然后移景至长亭，早春不见折柳人。继而再延至塞外，景由关内至关外，由大地春回而至龙荒羁旅，情景逐层推进。“犹记”二句，触景生情，引入下片出关前的回忆和如今音尘都绝的悲叹。开头直叙“将发”的情景。她对自己应是纯情真切，但终究一别几年，音信全无。最后写愁比较别致：一用“欲知”设问，等于说，“只有自己知道”；二化用李商隐“芭蕉不展丁香结，同向春风各自愁”(《代赠》)句，当不言自明；三用想像中事作证，手法不同一般。人们称道贺铸“工于言情”，本词可作例证。

天门谣

贺　铸

牛渚天门险，限南北、七雄豪占[1]。清雾敛，与闲人登览。　待月上潮平波滟滟[2]，塞管轻吹新阿滥[3]。风满槛，历历数，西州更点[4]。

【注释】

〔1〕限南北句：南北朝以长江为界，南朝偏安江左。七雄豪占：由于天门山险要，为兵家必争之地。七雄当指“六朝”再加南唐。

〔2〕滟滟（yàn yàn）：水光。

〔3〕塞管：泛指塞外民族的管乐器，如羌笛、胡笳之类。阿滥：曲调名。

〔4〕历历：分明可数。西州：在今南京市西。

【译文】

牛渚矶天门山地势十分奇险，隔断南北七代豪杰相继雄踞。清雾散去人们才能登临观览。等待明月升天江潮波光潋滟，听那羌笛轻轻吹奏新曲阿滥。江风灌满栏槛十分清晰数着，从西州城传来打更的鼓点声。

【赏析】

这首小词也是登览抒怀之作。开头二句写登亭览胜。只一“限”字，高度概括了地形之险要。再一“豪占”，又隐括了多少兵戎烽火。一实一虚，有东坡“浪淘尽千古风流人物”的情怀。次二句是写登临所感。“清雾”一语双关：是江雾消尽，也是历史的烟雾消失。“与闲人”说得很轻松，联系上句“七雄”之说，“雄”仅能偏安江左而已，不无讽刺意味。联系宋朝时政，内忧外患，诗人多少有点预感吧。下片是登临中的所思，是想象夜晚的景致：看江上波光，听管笛清冷；甚至极度夸张，还能数计南京方面传来的更鼓声。结尾处，既是写时间，也是绘景致，既是写游览，又是抒感慨，读来不仅使人超凡脱俗，也会让人产生历史的兴亡之感。

天　香

贺　铸

烟络横林，山沉远照，迤逦黄昏钟鼓[1]。烛映帘栊，蛩催机杼[2]，共苦清秋风露。不眠思妇，齐应和、几声砧杵[3]。惊动天涯倦宦，骎骎岁华行暮[4]。　当年酒狂自负，谓东君、以春相付。流浪征骖北道，客樯南浦，幽恨无人晤语[5]。赖明月、曾知旧游处，好伴云来，还将梦去。

【注释】

〔1〕迤逦（yǐ lǐ）：曲折连绵。

〔2〕蛩（qióng）：蟋蟀。机杼（zhù）：指织布机。

〔3〕砧杵（zhēn chǔ）：古代洗衣用具。砧，捣衣石；杵，槌棒。一般在河边洗涤。

〔4〕骎骎（qīn qīn）：马速行的样子。也可用来比喻时光飞逝。

〔5〕骖（cān）：一车驾三马。这里泛指马。浦：水溪，泛指送别处。晤语：面谈。

【译文】

烟雾笼罩树林斜阳落入远山，黄昏的钟鼓声断断续续传来。烛光映照窗户蟋蟀如催机杼，每个人都怨恨这清秋的风露。睡不着觉的那些可怜的思妇，在风声虫声中送来声声砧杵。这声音惊动了漂泊天涯倦客，才发现又已经到了岁暮时节。想当年我曾经以酒狂而自负，以为春神把三春的美景交付。想不到终年流浪奔波于北路，有时候也乘坐征船离开南浦，满腔的幽思也无人可以倾诉。依赖明月知道过去游冶去处，把她带到我这又送我到她那。

【赏析】

这是一首悲秋怀乡之词，表达了词人浪迹天涯，思归故里的苦闷之情。上片写客居的所见所感。下片追忆往事，抒发浪迹天涯、壮志成空的情怀，开头追忆当年，是顺录上片惊叹而来。结构跳脱而情意绵密。

石州慢

张元干

寒水依痕，春意渐回，沙际烟阔。溪梅晴照生香，冷蕊数枝争发。天涯旧恨，试看几许消魂？长亭门外山重叠。不尽眼中青，是愁来时节。　情切，画楼深闭，想见东风，暗消肌雪〔1〕。孤负枕前云雨〔2〕，尊前花月。心期切处，更有多少凄凉，殷勤留与归时说。到得再相逢，恰经年离别。

【注释】

〔1〕肌雪：指人的皮肤洁白如雪。

〔2〕孤负：同辜负。云雨：借指男女相爱。

【译文】

水迹清晰可见春意渐渐回临，那空阔的沙洲上面烟霭纷纷。溪边梅树散发出阵阵的清香，在寒冷的天气中竞相开放着。我独自游荡在天涯满腔怨恨，试想现在是何等的悲怆伤神？十里长亭门外面的群山重叠，望不断的远山正是忧愁时啊。思念之情殷切画楼层门紧闭，东风暗暗使你容颜渐渐瘦损。辜负了多少尊前花月的美景，竟也是白白浪费了大好青春。相思之时也是更多凄凉陪伴，更多话儿想与你再见时诉说。可等到我们再度相逢的时候，你我离别已恰好整整一年了。

【赏析】

这首词写晚年离乡思归之情，在冬去春来、大地复苏的景象中，寄寓了词人对妻子、家乡的深深思念之情，也体现了张元干词在激昂悲壮之外细腻深情的另一面。上片写春回大地的美景，抒漂泊天涯的离愁。下片写对亲人的思念和久别的感慨。但即便重见，也已是“经年离别”了，失去的永远无法弥补，这才叫真正的离恨。

兰陵王

张元干

卷珠箔，朝雨轻阴乍阁。栏杆外，烟柳弄晴，芳草侵阶映红药。东风妒花恶，吹落梢头嫩萼。屏山掩、沉水倦熏，中酒心情怯杯勺。　寻思旧京洛，正年少疏狂，歌笑迷著。障泥油壁催梳掠，曾驰道同载，上林携手，灯夜初过早共约，又争信飘泊。寂寞，念行乐。甚粉淡衣襟，音断弦索，琼枝璧月春如昨。怅别后华表，那回双鹤。相思除是，向醉里，暂忘却。

【译文】

卷起珠帘早上的雨轻阴初停。栏杆外柳条仿佛在欢喜新晴，芳草映绿台阶芍药分外鲜红。可恶的东风嫉妒盛开的花朵，将那梢头上嫩萼吹落于空中。我把屏风紧掩沉水香懒得熏，因喝酒则醉所以怕看见酒盅。回想过去在洛阳汴京的时光，风华正茂纵情欢乐狂放尽兴，也曾经迷恋于那些歌舞名星。常常备好车马催促美人打扮，曾经同车奔驰在宽广的大街，也曾经在上林苑里并肩而行，刚过元宵佳节早早约定重逢。又怎么能相信今日到处漂泊。寂寞更使人思念当日的情人。恐怕她衣上的香粉已经消淡，那琴弦的上面也落满了灰尘，怅恨别后仿佛都是过眼烟云。琼枝碧月好像是昨天发生的，何时才能化作仙鹤再飞回去。我那苦苦的一片相思之情意，只有在酒醉中暂时把它忘记。

【赏析】

此词别本题作“春恨”。作者借写春日寂寞相思之恨，来抒发感怀故国的“黍离”之悲。上片写春日美丽的景色和自己的烦恼。下片写别后的寂寞与相思。词藻温丽而感情悲切，表示对故国深切的思念，抒发自己心中的万般无奈与无法排遣的忧愤。

贺新郎

叶梦得

睡起流莺语，掩苍苔、房栊向晚，乱红无数。吹尽残花无人见，惟有垂杨自舞。渐暖霭、初回轻暑。宝扇重寻明月影，暗尘侵、上有乘鸾女[1]。惊旧恨，遽如许[2]。　江南梦断横江渚，浪粘天、葡萄涨绿，半空烟雨。无限楼前沧波意，谁采蘋花寄取？但怅望、兰舟容与[3]。万里云帆何时到？送孤鸿、目断千山阻。谁为我，唱《金缕》[4]？

【注释】

〔1〕乘鸾女：指团扇上画的秦穆公女乘鸾仙去的故事。

〔2〕遽：骤然。

〔3〕兰舟：用木兰树做的船。容与：这里是犹豫不进的样子。

〔4〕金缕：即杜秋娘的《金缕曲》。

【译文】

睡醒听到黄莺细语流啭珠圆，落花掩盖青苔窗暗已是傍晚，地上无数凋零花瓣一片凌乱。风儿吹尽残花却不见人回返，惟有垂杨孤自仍旧飘舞翩然。雾霭转暖初夏轻暑回归天地。重寻明月般团扇扇影儿圆圆，覆盖尘埃秦宫弄玉依稀可见。它惊醒我的恨怨急切而突然。梦到江南却隔断在横江沙洲，浪连着天宇江涛葡萄般碧绿，从半空洒下了烟雾般的细雨。楼前倚望烟波引起无限相思，采朵白蘋花有谁能托他寄去？只能怅然空望兰舟徘徊迁徙。飘泊万里的云帆何时再归来？目送归雁视线被群山所遮蔽。此刻谁能歌唱那一曲金缕衣？

【赏析】

这首词据说是作者十八岁时“为仪真妓女作”。从其婉丽的词风看，似有可能。那应是南渡后怀念北国的恋人之作了。上片由午睡后夏景写起，流莺、青苔、乱红表明春尽夏来，引出室、扇，触发怀人遐思，而以“惊旧恨”顿住。“残红”、“自舞”等隐露落寞之感。下片由“旧恨”生出，追忆往事，江景恢阔空濛，撩起怅望期待情愫。云帆不到、山河阻隔，自然逼出一声喟叹，画龙点睛。

汉宫春

李　邴

潇洒江梅，向竹梢疏处，横两三枝。东君也不爱惜，雪压霜欺。无情燕子，怕春寒、轻失花期。却是有、年年塞雁[1]，归来曾见开时。　清浅小溪如练，问玉堂何似[2]，茅舍疏篱？伤心故人去后，冷落新诗。微云淡月，对江天、分付他谁。空自忆、清香未减，风流不在人知。

【注释】

〔1〕塞雁：塞外的雁。雁是候鸟，秋季到南方过冬，春季又飞回北方，决不失期。

〔2〕玉堂：豪贵的宅第。

【译文】

俊逸梅树向着稀疏竹梢，横斜出两三枝娇艳梅花。春神也不懂将它来爱惜，听凭冰雪寒霜将它欺压。那无情的燕子还没飞回，害怕早春寒气误了花期。却只有年年往返的塞雁，归来曾见到梅花的艳逸。清浅的小溪像一条白练，问那豪门的宅第哪里像，这稀疏篱笆的茅舍草堂？故人离去以后令我心伤，咏梅的新诗被冷落一旁。稀

薄的云影淡淡的月光，面对江天托谁来赋诗章。独自记忆江梅依旧清香，风流雅洁不向世人张扬。

【赏析】

这是一首咏梅怀人之作，作者通过对梅花神态、品格的描写，表达了作者对故人的怀念和慰藉，抒发了内心的不平。上片写红梅的潇洒风姿。拟人的笔法写活了梅花的人格。下片再渲染梅花的孤傲，它不希罕玉堂，只求宁静和朴实。无论写梅写人，都有作者深情寄寓。全词写景清丽，抒情婉曲。

临 江 仙

夜登小阁忆洛中旧游

陈与义

忆昔午桥桥上饮[1]，坐中多是豪英。长沟流月去无声。杏花疏影里，吹笛到天明。　二十余年如一梦，此身虽在堪惊。闲登小阁看新晴。古今多少事，渔唱起三更[2]。

【注释】

〔1〕午桥：桥名，在洛阳县南十里处。

〔2〕渔唱：打渔人的歌儿。三更，古代刻漏记时，自黄昏至拂晓分为五刻，即五更，三更正是午夜。

【译文】

忆昔日洛阳桥聚会宴饮，到会在坐多是豪杰英雄。月影好像河水静静流去。在杏花稀疏的影子里面，不停吹奏笛子直到天明。二十多年岁月犹如一梦，身躯虽健在但令人心惊。闲来登上阁楼看雨后初晴。想那古今的多少兴亡事，不如听三更犹唱的渔歌。

【赏析】

本篇为登临感怀之作。绍兴八年(1135年)五月，作者因病辞官，寓居湖州青墩镇寿圣院僧舍。二十年的经历不堪回首，特别是靖康之难，仍历历在目。而二十余年前的京城生活，更令他感叹今昔，于是写了这首词。上片写“忆洛中旧游”的欢乐生活。洛阳是他的故乡，南面的午桥是他呼朋唤友宴饮游乐的地方，如今沦落异族，座中那些“英豪”呢?抚今追昔怎不令诗人伤感。下片写如今的感叹往昔。首句概括作者从踏上仕途所经历的颠沛流离和国破家亡的痛苦生活。回顾起来当然“堪惊”。末三句是以淡语写哀，“闲”是自我调侃语，从与上片对比看，以乐事写哀的用意明显，昔非今比，今不如昔之叹沉郁哀婉；故作旷达的无可奈何更令人扼腕。

苏　武　慢

蔡　伸

雁落平沙，烟笼寒水，古垒鸣笳声断。青山隐隐，败叶萧萧，天际暝鸦零乱。楼上黄昏，片帆千里归程，年华将晚。望碧云空暮，佳人何处?梦魂俱远。　　忆旧游、邃馆朱扉，小园香径，尚想桃花人面。书盈锦轴[1]，恨满金徽[2]，难写寸心幽怨。两地离愁，一尊芳酒凄凉，危阑倚遍。尽迟留、凭仗西风，吹干泪眼。

【注释】

〔1〕书盈锦轴：这里暗用前秦秦州刺史窦滔妻苏氏织锦为回文旋图诗以寄的故事。后称妻寄夫书为“锦字”。

〔2〕金徽：金饰的琴徽。徽，系弦之绳，后以琴面分辨音节的标志之称。

【译文】

大雁落在沙滩烟雾笼罩寒水，古战场上的胡笳声早已沉寂。远处青山在暮色中隐约可见，枯黄的秋叶一片片萧萧落下，天边群鸦昏昏欲睡一片零乱。黄昏时登上小楼向远方眺望，只见一叶孤帆驶向千里归程。人迟暮年华将晚谁人不思归，暮云已合而佳人又在何方呢？梦中寻她竟也离得那么遥远。回忆往日红门馆舍共枕同宿，花香铺路的小园里携手漫步，还能想象她的容貌如桃花面。情书卷成锦轴别恨溢满琴弦，难写尽心中幽深的片片怨楚。分处两地的离愁别绪难倾诉，一杯芳香美酒不尽凄凉愁苦，倚靠在高楼的栏杆低吟沉思。浮想联翩使我久久不愿离开、任凭西风吹干我酸楚的眼泪。

【赏析】

这首词写的是作者于秋日黄昏，登高望远，由此而引发了对意中人深深的相思之情。上片以写景为主，描绘了秋江黄昏的凄凉景色，及对佳人的思念。下片写回忆过去相聚的欢乐，与眼前的漂泊凄苦形成鲜明对照。

柳梢青

蔡伸

数声鶗鴂[1]，可怜又是、春归时节。满院东风，海棠铺绣，梨花飘雪。　丁香露泣残枝，算未比、愁肠寸结。自是休文，多情多感[2]，不干风月。

【注释】

〔1〕鶗鴂（tí jué）：古书上指杜鹃鸟。

〔2〕休文：南朝梁代诗人沈约字休文，仕宋及齐，以不得重用，郁郁成病，消瘦异常。

【译文】

杜鹃一声声地悲啼鸣叫，令人怜惜又到暮春时节。东风嬉谑海棠花铺一地，梨花弥漫犹如白雪飘舞。残枝上丁香花缀着露水，也不比肝肠里悲愁郁结。本就像沈休文多情善感，悲愁感伤不关清风明月。

【赏析】

这首小令抒发了惜花伤春的情意，暗寓着对身世之叹。上片描绘暮春既美丽而又凄凉的景色。下片抒发主人公愁肠百结、胸怀难露的苦闷心绪。全词情景交融，婉曲情深。

鹧　鸪　天

周紫芝

一点残釭欲尽时[1]，乍凉秋气满屏帏。梧桐叶上三更雨，叶叶声声是别离。调宝瑟，拨金猊[2]，那时同唱鹧鸪词。如今风雨西楼夜，不听清歌也泪垂。

【注释】

〔1〕釭（gāng）：灯。

〔2〕金猊（ní）：香炉。镀金的狻（suān）猊，（狮子）形香炉。

【译文】

油灯将要燃尽最后的一点光焰，骤然间秋气寒凉充满画屏帷帘。三更时分屋外秋雨滴打着梧桐，声声雨滴片片落叶诉说着别离。她在那儿调理琴音我拨通香炉，那时我们共同高歌一曲鹧鸪词。如今在这风雨交加的西楼夜晚，纵然不听凄清歌也会垂泪涟涟。

【赏析】

本篇为初秋雨夜怀人之词。此词以今昔对比、悲喜交加、委婉曲折而又缠绵含蓄的手法写雨夜怀人的别情。上片写秋夜听雨。首两句从视觉、感觉写秋夜的寂寞凄清。“梧桐”二句从听觉上写凄清，末了点明“别离”，离愁别恨全融合于景物之中，不见一点痕迹。下片写追忆当年与情人欢聚的幸福与欢乐，抒发离别的悲情。开头三句是从上片秋夜不眠引出。调、拨、唱三个细节动作，写尽了无限甜蜜与温馨，与秋夜听雨的寂寞凄凉适成鲜明对比。结末两句再拽回思绪，又回到风雨凄凄的现实。昔与今，乐与哀反差强烈，便见情意深切。“不听”句呼应上片末句，更见抒情的婉曲与缠绵。

忆　王　孙

李重元

萋萋芳草忆王孙，柳外楼高空断魂，杜宇声声不忍闻[1]。欲黄昏，雨打梨花深闭门。

【注释】

〔1〕杜宇：即杜鹃。相传古蜀帝杜宇号望帝，让位后归隐化为杜鹃，啼声哀切。

【译文】

茂密青草使我想起王孙，柳畔的高楼上凭栏凝望，杜鹃啼声哀切令人神伤。眼看着又到了黄昏时分，雨打梨花深深闭紧闺门。

【赏析】

李重元《忆王孙》原有“春词”、“夏词”、“秋词”、“冬词”四首，都是以女子的口吻写不同季节的色彩和相应的情感。这是首《春词》，是伤春离别的“闺情”小令。它借景抒景，抒写了闺中少妇触景生情思念远去情人的伤感情怀。全词用一连串带有伤感的暮春景物来衬托相思的伤感，十分深切动人。有“以少少许胜多多许”之妙。

贺新郎

李　玉

篆缕消金鼎[1]，醉沉沉、庭阴转午，画堂人静。芳草王孙知何处?惟有杨花糁径。渐玉枕、腾腾春醒[2]，帘外残红春已透，镇无聊、殢酒厌厌病。云鬓乱，未忺整。　江南旧事休重省，遍天涯、寻消问息，断鸿难倩[3]。月满西楼凭阑久，依旧归期未定。又只恐、瓶沉金井。嘶骑不来银烛暗，枉教人、立尽梧桐影。谁伴我，对鸾镜。

【注释】

〔1〕篆缕：指香烟袅袅上升，又如篆字。金鼎：香炉。

〔2〕腾腾：昏沉迷醉的样子。

〔3〕倩（qiàn）：请，央求。

【译文】

烟缕像篆书一样缭绕升腾，醉意沉沉庭院树荫已过午，画堂里鸦雀无声一片静寂。芳草天涯不知王孙在何处？只有那杨花柳絮撒满小径。春光渐去将我从枕上惊醒，帘外残红飞舞春光已将尽，百无聊赖借酒浇愁反成病。鬓发乱纷纷想梳理却无心。江南的旧事不必再去思念，踏遍天涯去寻访他的消息，离群的孤雁实在难以托请。明月映满西楼我凭栏远眺，他的归期是否依旧不确定。两情断绝像银瓶沉入金井。听不到他骑马来独对暗烛，明月落下梧桐仍候望凝伫。还有谁陪伴我对鸾镜描容。

【赏析】

这首别本题作“春情”，是首写思妇伤情的词。词中细腻描写了思妇暮春对景思人、望人不至的幽怨心情，而又出之以温婉和平，显示了思妇的无限温柔。下片全是女主人自我抒发情怀。她一往深情非常专一，她竭力探问消息，她日夜凭栏凝望，那种瓶沉金井不安的预感袭上心头，但她仍不愿去想，依然期待着。在闺中相思的女子形象中，本词主人公是独树一帜的。难怪陈廷焯评曰：“情韵并盛，允推名作。”在李玉的词作中，也“风流蕴藉，尽此篇矣”。(黄升《花庵词选》)

薄　幸

吕滨老

青楼春晚[1]，昼寂寂、梳匀又懒。乍听得、鸦啼莺哢[2]，惹起新愁无限。记年时、偷掷春心，花前隔雾遥相见。便角枕题诗、宝钗贳酒[3]，共醉青苔深院。　怎忘得、回廊下，携手处、花明月满。如今但暮雨，蜂愁蝶恨，小窗闲对芭蕉展。却谁拘管？尽无言、闲品秦筝，泪满参差雁[4]。腰肢渐小，心与杨花共远。

【注释】

〔1〕青楼：泛指女子所居之楼。

〔2〕哢（lòng）：鸟鸣。

〔3〕角枕：用兽角做装饰的枕头。贳酒（shì）：赊酒。

〔4〕参差雁：筝柱排列如雁阵，故称。

【译文】

暮春时节独自一人静坐闺楼上，白天备感寂寞又懒得修饰红妆。突然听到了乌鸦聒噪黄莺低唱，引起了无限的新愁在胸中波荡。记得当年偷偷地抛送一片春心，在花丛中间隔着薄雾与他相望。在角枕题写诗章金钗赊酒酣饮，在青苔遍长的深院中共醉梦乡。又怎么能够忘记曾漫步回廊下，携手的地方花香芬芳月满如盘。而如今却只剩下迷蒙的暮雨了，蜜蜂蝴蝶仿佛也生了无限愁肠，舒展的芭蕉叶寂寞地对着小窗。却又是谁在一旁将我拘管关怀？尽无言惆怅闲来品味古筝怨伤，泪水洒湿了参差不齐的弦柱雁。相思煎熬得我腰肢也渐渐瘦小，心儿也跟着杨花柳絮飞向远方。

【赏析】

这首词写一个"偷掷春心"的少女对远方恋人的怀念。上片写深居闺阁的少女在春日寂静的青楼上，回忆当年与恋人相聚欢娱的情景。下片着重表现女主人公对他的思念。全词构思巧妙，结构完整。在平叙中运用倒叙、插叙，正面抒发与侧面烘托自然结合，语言秀婉媚丽，情致幽怨缠绵，为写男女恋情的上乘之作。

满　江　红

岳　飞

怒发冲冠，凭阑处、潇潇雨歇。抬望眼、仰天长啸，壮怀激烈。三十功名尘与土，八千里路云和月。莫等闲、白了少年头，空悲切。　靖康耻，犹未雪[1]；臣子恨，何时灭。驾长车踏破、贺兰山缺[2]。壮志饥餐胡虏肉，笑谈渴饮匈奴血。待从头、收拾旧山河，朝天阙[3]。

【注释】

〔1〕靖康耻：指钦宗靖康二年（1127年）京师和中原沦落，徽钦二宗被掳往金国的奇耻大辱。

〔2〕贺兰山：在宁夏与内蒙交界处。这里借指金国的核心地。

〔3〕天阙（què）：皇宫，朝廷。

【译文】

我怒发冲冠登高倚栏杆、一场潇潇细雨刚刚停歇。抬头放眼四望辽阔一片、仰天长声啸叹悲壮激烈。三十年勋业如今成尘土，征战千里只有浮云明月。莫虚度年华白了少年头，只有独自悔恨悲悲切切。靖康年的奇耻尚未洗雪；臣子愤恨何时才能泯灭。我想驾御着一辆辆战车、踏破贺兰山的敌人营垒。壮志凌云恨不饥餐敌虏肉，谈笑间大义凛然何俱渴饮敌寇血。我要从头再来、重新收复旧日河山，朝拜故都京阙。

【赏析】

这是首千古传诵的爱国名篇。全词情绪激荡昂扬，语气铿锵热烈，把词人的拳拳报国之心表现得淋漓尽致。上片抒发作者为国立功满腔忠义奋发的豪气。起句突兀，一“怒”字气壮山河，奠定全词昂扬的基调。“莫等闲”二语已“为千古箴铭”，结句自勉勉人，爱国之情溢于言表。下片抒写了作者重整山河的决心和报效君王的耿耿忠心。开头四个短句，三字一顿，一锤一声，裂石崩云，这种以天下为己任的崇高胸怀，令人震撼。肝胆沥沥，感人至深。

六州歌头

张孝祥

长淮望断[1]，关塞莽然平。征尘暗，霜风劲，悄边声。黯消凝，追想当年事，殆天数，非人力；洙泗上，弦歌地，亦膻腥[2]。隔水毡乡，落日牛羊下，区脱纵横[3]。看名王宵猎，骑火一川明，笳鼓悲鸣，遣人惊。念腰间箭，匣中剑，空埃蠹，竟何成！时易失，心徒壮，岁将零，渺神京。干羽方怀

远，静烽燧，且休兵[4]。冠盖使，纷驰骛，若为情。闻道中原遗老，常南望、翠葆霓旌[5]。使行人到此，忠愤气填膺，有泪如倾。

【注释】

〔1〕长淮：指淮河，当时为宋金的分界线。

〔2〕膻（shān）腥：指代落后的金国。

〔3〕区（ōu）脱：匈奴语称边境屯戍或守望的土堡为区脱。

〔4〕烽燧（suì）：报警传讯的烽烟。白天举烟为燧，夜里燃火曰烽。

〔5〕翠葆霓旌：指皇帝的仪仗。翠葆，即翠羽，以鸟羽为饰的车盖。

【译文】

伫立淮河岸边极目望远，关塞野草丛茂平坦广阔。北伐的征尘已暗淡无光，寒冷的秋风在使劲地吹，边塞上静寂悄然无声响。我凝神伫望心情渐黯淡，追想起当年的中原沦陷，恐天意运数非人力扭转；在孔门求学的洙泗水边，在弦歌交奏的礼乐之邦，也都已经变作膻腥一片。隔河相望是敌军的毡帐，黄昏牛羊返圈纵横据点。看金兵将领夜间去出猎，骑兵手持火把照亮平川，胡笳悲壮声音令人心寒。想我腰间弓箭匣中宝剑，遭了蠹虫尘埃侵染腐朽，满怀壮志竟然不得施展！时机易流失壮心自雄健，岁暮将残复汴京更渺远。朝廷推行礼乐怀柔靖远，边境烽烟宁静暂且休兵。冠服乘车使者奔驰匆匆，实在让人羞愧难以为情。听说中原父老常盼朝廷、翠盖车队前行彩旗蔽空。使得行人纷纷来到此地，忠愤气填膺热泪洒前胸。

【赏析】

这首诗系作者任建康留守时作。据说张浚在宴席上“赋此歌阕，魏公(张浚)为之罢席而入”。全词用“直陈其事”的笔法，再现这段历史，表达人民强烈的抗战愿望，斥责统治者投降屈服的罪行。上片写作者淮河边之所见所感。采用景物对比，来揭露和斥责朝廷的不思抵抗。下片慨叹报国无门的忠愤。总之，全词将当时民族的、朝廷的、统治者与人民的种种矛盾作了形象的再现，更显示了爱国者那种崇高的民族精神。使本词的思想性和艺术性都达到了完美的统一，确实是爱国词作中不可多得的佳篇。

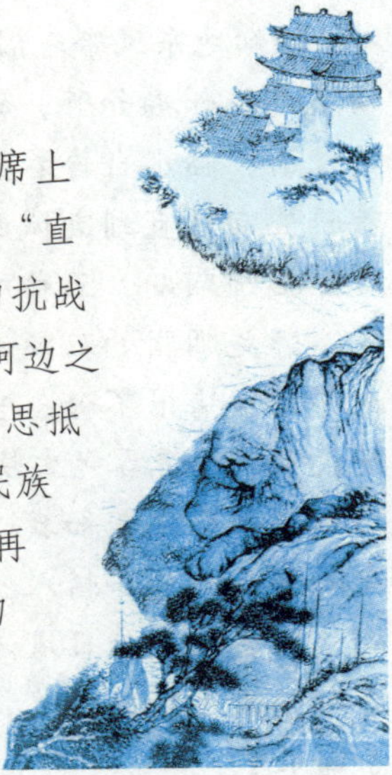

六州歌头

桃花

韩元吉

东风著意，先上小桃枝。红粉腻，娇如醉，倚朱扉。记年时，隐映新妆面，临水岸，春将半，云日暖，斜桥转，夹城西。草软莎平，跋马垂杨渡[1]，玉勒争嘶[2]。认蛾眉，凝笑脸，薄拂燕脂，绣户曾窥，恨依依。　共携手处，香如雾，红随步，怨春迟。消瘦损，凭谁问，只花知，泪空垂。旧日堂前燕，和烟雨，又双飞。人自老，春长好，梦佳期。前度刘郎，几许风流地，花也应悲。但茫茫暮霭，目断武陵溪，往事难追。

【注释】

〔1〕跋马：勒马使之回转。

〔2〕玉勒：玉制的马衔，也泛指马。

【译文】

细细地东风带着温暖地情意，把春光送上了小小桃树枝头。美人红粉细腻娇艳如痴如醉，斜倚着朱红的门扉独自思念。记得去年她新妆衬着芙蓉面，临水自怜春天已经过去一半，天空中的云日融融暖洋洋的，顺着斜桥回转直到夹城西边。绿草柔软平展如同地毯一般，马儿跑得欢渡口上垂柳翩翩，玉勒的骏马嘶鸣着驰跃争先。看到她秀美的蛾眉嫣然一笑，薄施胭脂的双颊美如桃花，我曾悄悄寻访过她住的绣房，可现已是人去房空悔恨不舍。当年携手共游之处芳香如雾，满地落红随着步履轻扬旋舞，怨恨春光太快已经到了迟暮。又有谁会问我如此清瘦憔悴，相思泪水只有桃花知我心思。旧日堂前修筑爱巢的燕儿们，随着迷蒙春雨双双飞回旧居。惜人空自衰老春光永远美好，但愿如梦佳期跟着春天来到。前度刘郎昔日风流地剩多少，就连桃花见此也应悲哀伤神。但是黄昏时分云霭茫茫一片，我望遍了武陵溪水各处角落，往事是再也无法追寻回来了。

【赏析】

这首词别本题作“桃花”。作者借写桃花而诉说了一段香艳哀婉的爱情故事。上片睹物思人，回忆与她初遇情景，以及寻访无着的怅恨。下片起首“共携手处”陡然跃进。此前当有一段终于相见相恋的欢乐情景，作者却不惜割爱，可见是出手不凡，因为花前月下的事毕竟太滥太俗。由此而下，直抒今日情怀。全诗以桃花始，以桃花终，处处紧扣桃花形神，借用桃花故事，由此生发出一段情事，一段叹喟，语言妩媚秀丽，情意婉曲缠绵，哀婉动人。

好 事 近

韩元吉

凝碧旧池头，一听管弦凄切。多少梨园声在[1]，总不堪华发。　杏花无处避春愁，也傍野烟发。惟有御沟声断[2]，似知人呜咽。

【注释】

〔1〕梨园：指北宋的教坊。

〔2〕御沟：流经皇宫的河道。

【译文】

想起旧日宫廷中的池苑，听到管弦就感凄楚哀怨。那音乐此时此刻一听到，让人悲伤得生出白发来。杏花也无处去躲避灾难，只有依傍荒野独自开放。只有流经皇宫的水断隔，好像是怕引起我的呜咽。

【赏析】

这首词别本题作“汴京赐宴，闻教坊乐，有感”。据《金史·交聘表》载：“世宗大定十三年(1173)三月癸巳朔，宋遣礼部尚书韩元吉、利州观察使郑裔兴等贺万春节。”韩元吉赴宴，记叙了此情此景，抒发了黍离之悲。上片首二句暗用王维诗意，叙事抒情。作者与王维的遭遇十分相似，因而随手拈来化用其意，十分自然贴切。下片借景抒情。先用拟人手法，写草木也知亡国之痛，羞于发在宫苑，而宁愿在寂寞的荒野中开放，宁愿在野烟中独自凄凉。草木尚知守持节操，何况人呢？作者借此表白心志。末二句借大宋宫殿中卑微的御沟声端地有灵性懂感情，来烘托作者内心的痛苦。两处拟人烘托，更增加了抒情的色彩，令人感慨万端。词短情长，言浅意深，催人泪下。

卜算子

咏梅

陆游

驿外断桥边，寂寞开无主。已是黄昏独自愁，更著风和雨。　　无意苦争春，一任群芳妒。零落成泥碾作尘，只有香如故。

【译文】

在那驿站外的断桥边，梅花独自寂寞地开放。已到黄昏还独自感伤，又要经受那风雨摧残。她并非有意争占春光，任凭那百花讥嘲嫉妒。纵然凋零后变成泥土，沁人清香却依然如故。

【赏析】

本篇为咏梅抒怀的名作，作者以梅花象征自己的孤高与劲节。上片写梅花无人爱惜受风雨欺凌的遭遇。首句写开放在荒野，一似受到排挤；次句写“寂寞”，一似政治上的被孤立。“已是”二句写处境的艰难，不仅被孤立排挤，还受到风风雨雨的打击。这正是作者坎坷人生的写照。下片写梅花品格的高洁。“无意”可见其光明磊落；“一任”更见其坦荡胸怀，铮铮傲骨。最后二句写其孤芳清高、节操自持，绝不同流合污的高风亮节。无疑是作者在累遭打击下，孤高品性的象征和不怕挫折、决不屈服的倔强自白。全诗借物言志，物我交融，意象鲜明峭利，情蕴含蓄深沉。

水龙吟

陈亮

闹花深处楼台，画帘半卷东风软。春归翠陌，

平莎茸嫩，垂杨金浅。迟日催花[1]，淡云阁雨，轻寒轻暖。恨芳菲世界，游人未赏，都付与、莺和燕。寂寞凭高念远，向南楼一声归雁。金钗斗草，青丝勒马[2]，风流云散。罗绶分香[3]，翠绡封泪，几多幽怨?正消魂又是，疏烟淡月，子规声断。

【注释】

〔1〕迟日：天日长。

〔2〕青丝勒马：用青丝绳做的马络头控制马。勒：拉缰止马。

〔3〕罗绶分香：借指离别。绶（shòu）：丝带，用来系帏幕或印环。古代常用不同颜色的丝带，标志官吏的身份和等级。

【译文】

繁花深处掩映着高处楼台，东风和煦拂动着画帘半卷。春色染绿小径嫩草望无边，垂柳缕缕泛着浅黄色嫩黄。春日迟迟催促着花儿开放，淡淡的云彩留住细雨绵绵，天气温和宜人但乍暖还寒。只可惜芳芬景色游人未赏，却全都付给了黄莺和飞燕。寂寞难耐凭高思念远方人，在南楼愁听归雁的哀鸣声。我拔下金钗去与百草相斗，你牵着青丝缰绳止住宝马，这一切如今却已风消云散。想到分别时轻解香罗留念，翠色丝巾上还有你的泪痕，那里包含你多少悲伤幽怨？正当我在极度伤心的时候，又看到疏烟袅袅淡月迷离，子规一声声悲啼哀啭不平。

【赏析】

本篇为登临抒怀之作。上片写登楼所见暮春景象，以无人游赏付与莺燕，暗喻半壁河山沦丧。前五句极力铺陈春天景色的秀丽迷人。由近及远层层展开，创造了令人怡然自乐的环境。下片抒写念远思归情怀，隐写亡国之恨。全词婉曲多致，写得沉郁悲凉。

忆秦娥

范成大

楼阴缺，阑干影卧东厢月。东厢月，一天风露，杏花如雪。　隔烟催漏金虬咽[1]，罗帏黯淡灯花结〔2〕。灯花结，片时春梦，江南天阔。

【注释】

〔1〕金虬（qiú）：铜制的龙。装在漏壶上计时用。

〔2〕灯花：油灯灯芯的余烬，爆成花形，古人以为吉利。

【译文】

楼阁在树荫遮蔽下露出一角，明月映照东厢杆影斜卧地面。照在东厢的月儿明亮又皎洁，满天里到处都呈现清风雨露，盛开的杏花如雪般洁白。烛烟传来滴水声如铜龙呜咽，纱罗帏帐黯淡灯花已经作结。油灯灯芯余烬爆成花形作结，我进入短暂却又美妙的春梦，梦见了天地开阔的美景江南。

【赏析】

本篇为闺怨词。范成大共有五首《秦楼月》(即《忆秦娥》)，都抒写闺怨，这首最精彩。一般的怀人怨情，感情浓露，而本词却无一言怨愁，抒情婉曲。上片写月夜景色借花好月圆的良宵美景反衬女子的孤单寂寞。下片写夜梦江南，表现女子苦寻觅心上人的痴情。静谧和温馨掩盖了淡淡的离愁，表现含蓄深永。

醉落魄

范成大

栖乌飞绝，绛河绿雾星明灭〔1〕。烧香曳簟眠清樾〔2〕。花影吹笙，满地淡黄月。　　好风碎竹声如雪，昭华三弄临风咽〔3〕。鬓丝撩乱纶巾折。凉满北窗〔4〕，休共软红说〔5〕。

【注释】

〔1〕绛河：即天河。

〔2〕烧香句：曳镑，拉过一张竹席。樾，树阴。句谓焚起香，拖一张竹席睡在清凉的树阴下。

〔3〕昭华三弄：昭华，古乐器名，这里指笙。弄，即弹奏、吹奏。

〔4〕北窗：代指清静的居处。陶渊明《与子俨等疏》云：“常言五六月中，北窗下卧，遇凉，风暂至，自谓是羲皇上人。

〔5〕软红：即红尘、尘世，这里指那些热衷功利的世俗之人。

【译文】

树上栖息的乌雀都已飞走，绿雾缭绕的天河上星光忽明忽火。燃香铺席睡在清凉的树阴下，对着花丛吹奏悠扬的乐曲，茫茫大地尽披淡黄色的月辉。轻风徐来吹动竹管声如雪，几番吹奏乐声迎风渐消歇。鬓发散乱头巾皱褶，凉爽有如陶潜高卧北窗下，惬意和闲适难与凡夫诉说。

【赏析】

这首词描写隐居生活。在晴朗夏夜，当树上的栖鸟都已飞走的时候，大自然归于一片寂静，此时隐者开始尽情享受这份宁静和清凉。花影吹笙，更衬出夜之宁静；夜眠清樾，愈想见夜之清凉。亦难怪词人慨叹“凉满北窗”，自以为遗世独立，为凡夫俗子所望尘莫及。

霜天晓角

范成大

晚晴风歇，一夜春威折。脉脉花疏天淡[1]，
云来去，数枝雪。　胜绝，愁亦绝，此情谁共
说。惟有两行低雁，知人倚，画楼月。

【注释】

〔1〕脉脉（mò mò）：深含感情的样子。

【译文】

夜晚天气放晴风也停歇，一夜料峭春寒逐渐减衰。梅花在天空下含情脉脉，云飘来飘去梅花枝如雪。这景致可说美到了极点，而愁情也到极点无人诉。只有长空里低飞的大雁，知道有人倚画楼望明月。

【赏析】

这首词别本题作"梅"。是首咏梅抒怀、托物言情的小令。上片写梅花迎着风寒盛开的美姿。下片写作者满怀情愫无人可语的忧愁。全词意境朦胧，清婉含蓄，余味不尽。

贺新郎

别茂嘉十二弟

辛弃疾

绿树听鹈鴂[1]，更那堪、鹧鸪声住[2]，杜鹃声切。啼到春归无寻处，苦恨芳菲都歇。算未抵、人间离别。马上琵琶关塞黑，更长门、翠辇辞金阙，看燕燕，送归妾。　将军百战身名裂，向河梁、回头万里，故人长绝。易水萧萧西风冷，满座衣冠似雪。正壮士、悲歌未彻。啼鸟还知如许恨，料不啼清泪长啼血。谁共我，醉明月。

【注释】

〔1〕鹈鴂（tí jué）：鸟名，鸣于暮春。

〔2〕鹧鸪：鸟名，鸣声凄切。

【译文】

绿树丛中鹈鴂声声啼叫，更哪堪鹧鸪的叫声刚停，杜鹃凄切的叫声又响起。凄咽啼到春光无处可寻，苦恨芬芳百花都已枯萎。算来也难抵人间生死别。王昭君马上琵琶奔荒野，更有阿娇退居长门别馆，辞别皇宫金阙愁者心情，望着双双飞燕送走爱妾。名将身经百战身败名裂，送别苏武回头遥望故国，将与故友永远诀别不见。荆轲冒着秋风易水寒冽，送别宾客素衣像片白雪。悲歌未终又是何等激越。啼鸟若知人间悲恨痛切，料它不啼清泪而长啼血。谁与我饮酒举杯赏明月。

【赏析】

本篇为送别抒怀之作。开头三句列举三鸟啼鸣描写暮春凄厉情色，哀叹大好春光的消失。“算未抵”一笔转过，对比人间离恨。上片举汉王昭君出塞、陈皇后被贬、戴妫归国，三位女子红颜薄命的恨事。下片又接写李陵、荆轲两位失败英雄的悲剧。铺叙古代种种人间离情别恨，借送别族弟，抒发美人不遇、英雄名裂、壮志难酬的义愤。陈廷焯评本词“沉郁苍凉，跳跃动荡，古今无此笔力”。虽多溢美，但亦中肯。

贺　新　郎

赋琵琶

辛弃疾

凤尾龙香拨，自开元、霓裳曲罢，几番风月。最苦浔阳江头客，画舸亭亭待发。记出塞，黄云堆雪。马上离愁三万里，望昭阳，宫殿孤鸿没。弦解语，恨难说。　　辽阳驿使音尘绝，琐窗寒，轻拢慢捻，泪珠盈睫。推手含情还却手，一抹梁州哀彻。千古事、云飞烟灭。贺老定场无消息，想沉香亭北、繁华歇，弹到此，为呜咽。

【译文】

凤尾形的琵琶龙香柏的弦拨，自开元盛世奏罢霓裳羽衣曲，又经历了多少番清风明月夜 。最愁白居易浔阳江头夜送客，等待出发的画船在江边停泊。记得昭君出塞黄云冰雪堆积。马上弹琵琶去国别家三万里，遥望那昭阳宫殿所在的方向，只见一只鸿雁高飞消失在天际。琵琶声声绵绵纵然善解人意，可满怀幽恨实在是难以诉说 。传递音信的辽阳驿使已断绝，琐窗绮户中她轻拢弹奏琵琶，泪珠盈满双睫实在楚楚可怜。含情脉脉在丝弦上推手却手，奏一曲梁州实令人哀痛欲绝。千古兴亡事如浮云灰飞烟灭。琵琶手贺老如今不知在何方，想来沉香亭北的繁华已停歇，弹琵琶弹到此时却只有呜咽。

【赏析】

这是首著名的咏物抒怀词。在词中，作者历叙一系列历史上有关琵琶的故事，借以抒发作者忧时伤世的悲愤和家园盛衰之恨与个人身世之慨。上片用三个有关琵琶的典故来议论和抒情。杨贵妃的琵琶弹走了盛唐的繁华，从此国运衰微。白居易听琵琶，感受被迁谪的悲凉。王昭君手抱琵琶出塞是朝廷的屈辱。下片借思妇弹琵琶表达对辽阳征人的思念，抒发对北国的怀念。首先暗喻辽阳的陷落，引起思妇的哀怨。她弹《梁州》不仅因为它乐曲音调激越，更是因它在北方，这才声音哀彻。最后以回忆唐朝琵琶高手贺老和沉香亭中玄宗与贵妃玩赏的故事作结，借以“呜咽”伤感宋朝的衰亡。沉郁深挚，凄婉悲凉。

水龙吟

登建康赏心亭

辛弃疾

楚天千里清秋，水随天去秋无际。遥岑远目，献愁供恨，玉簪螺髻。落日楼头，断鸿声里，江南游子，把吴钩看了，栏杆拍遍[1]，无人会、登临意。　　休说鲈鱼堪脍，尽西风，季鹰归未?求田问舍，怕应羞见，刘郎才气。可惜流年，忧愁风雨，树犹如此。倩何人唤取，红巾翠袖，揾英雄泪[2]。

【注释】

〔1〕吴钩：一种弯形的刀，因先是吴王阖闾命造，故称。

〔2〕红巾翠袖：指歌女。揾（wèn）：擦拭。

【译文】

楚天千里辽阔一派凄清秋色，长江水随天流去秋色无边际。极目眺望北国崇山峻岭风景，他们仿佛都在传送忧怨愁恨，就好似碧玉发簪和螺形发髻。夕阳夕下之时落日斜挂楼头，孤雁悲啼声里游子悲愤压抑，吴钩把玩不已拍遍九曲栏杆，没人能理会我登楼临眺之心。别提家乡的鲈鱼肉精细味美，尽管秋风吹不会像季鹰不归？更不像许汜只顾买房谋私利，那将羞于见雄才大气的刘备。惜时光如水忧愁国势如风雨，树犹如此倩人谁能去唤来啊，就让那红巾翠袖的多情歌女，为我擦去英雄失志时的热泪。

【赏析】

本篇为登临感怀抒愤之作，是宋词中不朽之作。上片写登临所见水天开阔景色，渲染悲凉气氛，抒发英雄无用武之地的苦闷。下片由写景抒情转到言志与悲叹。接连用了三个典故：引季鹰故事，表明自己早已以身许国；引许汜故事，表明自己不屑为个人利益而不顾国家风雨飘摇；“树犹如此”是桓温北伐路上对流光飞逝之叹，作者亦引以表达自己功业未建年华虚度的感慨。抒情述志曲折而坚定。最后悲愤之情无法压抑，只能作英雄末路之叹。全篇意境雄豪，沉郁悲壮。谭献《谭评词辨》说此词“裂竹之一声，何尝不潜气内转”。

摸　鱼　儿

辛弃疾

淳熙己亥，自湖北漕移湖南，同官王正之置酒小山亭，为赋。

更能消几番风雨，匆匆春又归去。惜春长怕花开早，何况落红无数。春且住！见说道、天涯芳草无归路。怨春不语，算只有殷勤，画檐蛛网，尽日惹飞絮。　　长门事，准拟佳期又误，蛾眉曾有人妒。千金纵买相如赋，脉脉此情谁诉？君莫舞！君不见、玉环飞燕皆尘土。闲愁最苦，休去倚危阑，斜阳正在，烟柳断肠处。

【译文】

还能经受住几次风雨侵袭，春天又将匆匆归去离人间。怜惜那春光怕花开得过早，更何况眼前已是落花遍地。春光呵暂且停住吧我听说、天边芳草会挡住你的归路。怨恨那春光总是默默无语，算来只有彩画屋檐蜘蛛网，为了留住春天沾惹着飞絮。长门之事陈皇后天姿国色，招来众芳的嫉妒恨别汉宫。纵以千金买来司马相如赋，这一份脉脉深情向谁倾诉？你们不要太张狂啊没见到、杨玉环赵飞燕都化作尘土。此般怨恨折磨得我好痛苦，不要再倚着高高栏杆纵目，夕阳正斜照迷蒙的柳荫处。

【赏析】

这首词别本题作“暮春”。在小序中正交代了写作的背景。如《水龙吟》一样，是作者悲愤郁结的宣泄，只是内容形式不同而已。作者借一女子惜春、留春、怨春的感情，抒发自己心中的抑郁与悲愤。上片写暮春衰残景色，惋惜春逝，隐含身世家国之痛。下片借写美人失宠抒发作者闲寂不遇的愁郁和满腔爱国热忱无处倾诉的痛苦。先用陈皇后的故事，表达自己被排挤遭打击的悲愤。再引用杨玉环、赵飞燕故事，警告朝中小人不可得意忘形。最后以“斜阳烟柳”来比拟国家前途的惨淡。全词托物起兴，沉郁顿挫，寄托遥深。

永遇乐

京口北固亭怀古

辛弃疾

千古江山，英雄无觅、孙仲谋处[1]。舞榭歌台，风流总被、雨打风吹去。斜阳草树，寻常巷陌，人道寄奴曾住[2]。想当年，金戈铁马，气吞万里如虎。　元嘉草草，封狼居胥，赢得仓皇北顾。四十三年，望中犹记，烽火扬州路。可堪回首，佛狸祠下，一片神鸦社鼓。凭谁问、廉颇老矣，尚能饭否？

【注释】

〔1〕孙仲谋：孙权字仲谋，三国时东吴国主。他曾在京口建立吴都，并打败来自北方的曹操军队。

〔2〕寄奴：南朝宋武帝刘裕的小名。他的祖先由北方移居京口。刘裕在这里起事，最后建立政权。

【译文】

千古江山依然是存在人间，而像孙仲谋般豪杰却难求。昔日繁华耀眼的歌舞台榭，总被历史的风雨无情吹去。一抹斜阳映着丛密的草树，那个极为平常的街巷地方，人们说刘裕曾在这里居住。想当年他指挥着金戈铁骑，气吞万里山河如出山猛虎。元嘉年间刘义隆草草出兵，梦想在狼居胥山封坛祭天，却不料只落得败北乱逃窜。至今四十三年遥望还记得，扬州路上烽火杀敌的情景。真是不堪回首！佛狸祠下，如今是神鸦盘旋社鼓喧天。还有谁会问廉颇已经老了，饭量是否依然像以前一样？

【赏析】

本篇为登临怀古感时抒愤之作。上片赞扬在京口建立霸业的孙权和率军北伐、气吞胡虏的刘裕，表示要像他们一样金戈铁马为国立功。这里，对孙、刘的创业、开拓的英雄业绩的缅怀与歌颂，正是对朝廷中主战派的期望和投降派的讽刺。而在“英雄无觅”与“雨打风吹去”的叹惜中，不仅见作者对他们的仰慕，而且也隐含自己也想如孙、刘一样挥戈北伐的救国心情。下片借讽刺刘义隆表明自己坚决主张抗金但反对冒进误国的立场和态度。最后还借廉颇自况，抒发未能实现自己抱负的感慨。当时作者已六十六岁高龄了，南归也已四十三年，可朝廷昏庸，王佐无人。自己壮志难酬而老大无为，怎不令人悲愤。本词的抒发感慨连连用典，中间稍加几句抒情性议论以见精神，不仅体现了辛词好用典的特点，也可窥见“词论”的风格。全词多用典故，词格苍劲沉郁、凄婉悲凉。

木兰花慢

滁州送范

辛弃疾

老来情味减，对别酒，怯流年。况屈指中秋，十分好月，不照人圆。无情水，都不管，共西风、只管送归船。秋晚莼鲈江上，夜深儿女灯前。

征衫便好去朝天，玉殿正思贤。想夜半承明[1]，留教视草[2]，却遣筹边。长安故人问我：道愁肠，殢酒只依然[3]。目断秋霄落雁，醉来时响空弦。

【注释】

〔1〕承明：汉代宫中有承明庐，用侍臣轮流值班时住宿的地方。

〔2〕视草：为皇帝拟制诏书之稿。

〔3〕殢（tì）酒：沉溺于酒。

【译文】

老来兴致趣味逐渐衰退消减，而对离别酒宴担心飞逝流年。何况屈指计算中秋佳节将至，一轮美好圆月偏不照人团圆。无情的流水全不顾离人眷恋，与西风一起只管将归舟送归。愿你在晚秋品尝莼菜鲈鱼脍，夜晚回家与儿女团聚在灯前。趁征衫未换正好去朝见天子，而今朝廷正在积极思贤访贤。料想会把你留守在承明庐地，让你在深夜为皇帝草拟诏令，还会派遣你筹划边事到前线。京都的故友倘若向你问到我：就说我是愁肠满腹借酒浇愁。望断秋空那不断远去的落雁，醒来时常常会独自拉响空弦。

【赏析】

本篇为送别词。辛弃疾南归后多年辗转后方州县，始终不得重用，内心非常悲愤。于是在送别好友的时候，表达了自己有志难伸的感怆。上片写送别情景，表现对友人的深情和祝愿，也抒写了老大无成迟暮之悲。下片写别后情景，先以浪漫的想像，设想友人将有美好前程。全篇章法起伏跌宕，风格沉郁顿挫。

祝英台近

辛弃疾

宝钗分[1]，桃叶渡[2]，烟柳暗南浦[3]。怕上层楼，十日九风雨。断肠片片飞红，都无人管，更谁劝，啼莺声住？　鬓边觑，应把花卜归期，才簪又重数。罗帐灯昏，哽咽梦中语：是他春带愁来，春归何处？却不解、带将愁去。

【注释】

〔1〕宝钗分：将金钗分开各执一股，以作离别纪念，是唐宋时情人分别时的

习俗。

〔2〕桃叶渡：在南京秦淮河与青溪合流处。

〔3〕南浦：泛指送别处。

【译文】

宝钗分为两股离别桃叶渡口，江边岸上柳阴迷蒙烟霭纷纷。自从别后我就害怕登上高楼，十天里有九天都是风号雨骤。片片飘飞花瓣令人断肠悲愁，风雨摧残香花竟无一人来救，更有谁劝那黄莺将啼声罢休？对着镜子看我那鬓边的花朵，我试着数花瓣占卜他的归期，数了几次也数不准又重新数。昏暗的灯光依稀映照着罗帐，梦中悲泣着哽咽心中的苦诉：是春天的来到给我无限忧愁，而今春天又将离去归向何处？但他却不懂一起将忧愁带走。

【赏析】

本词牌一名《祝英台》，据《宁波府志》所载东晋流传下来的梁、祝故事，此调即取女主角祝英台为名，始见于苏轼词。本词别本题作“晚春”，写闺中女子在暮春时节伤春伤别的闺怨。词的上片写登楼忆别触景伤怀。下片写女子苦苦企盼心上人回归，夜眠难安的苦楚。全词塑造了闺中女子的栩栩形象；她多愁善感，娇媚深情，又天真单纯。本词风格“清而丽，婉而妩媚”，是辛词中“婉约”名篇。

青玉案

元夕

辛弃疾

东风夜放花千树，更吹落、星如雨。宝马雕车香满路，凤箫声动，玉壶光转〔1〕，一夜鱼龙舞。

蛾儿雪柳黄金缕，笑语盈盈暗香去〔2〕。众里寻他千百度，蓦然回首〔3〕，那人却在，灯火阑珊处。

【注释】

〔1〕玉壶：指月亮，也指玉制的灯。

〔2〕盈盈：形容女子仪态美好。暗香，借指美人。

〔3〕蓦（mò）然：突然。阑珊：零落、将尽。

【译文】

像东风一夜吹开千树繁花，更吹落满天星斗晶莹似雨。华贵的马车芳馥弥漫一路，美妙的凤箫声韵悠扬半空，玉壶般的明月光渐渐西斜，整夜里鱼龙灯盏随风飘舞。女子满头蛾儿雪柳黄金缕，欢声笑语中带着暗香远去。在人群里千百遍地寻觅她，就在此时忽然间回首一瞥，那人却在灯火稀疏的地方。

【赏析】

本篇为元宵节记景之作。全词着力描写了元月十五夜元宵节观灯的热闹景象。上片以生花妙笔描绘渲染元宵佳节火树银花、灯月交辉、车水马龙、欢歌笑语的欢腾热闹的风光。下片着意描写主人公在游人中千百度寻觅一位立于灯火零落处的自甘寂寞的孤高女子，表现了作者追求的高境界，寓有深意。如果联系作者的遭遇，便可知道，全词用的是对比和以宾衬主的手法，烘云托月地推出这位超俗的女子形象：孤高幽独、淡泊恬静、自甘寂寞、不同流俗。这不正是作者自我的写照？梁启超评曰：“自怜幽独，伤心人别有怀抱。”是很有道理的。可见含蓄之深，不愧是宋词中“婉约”类名作。

鹧 鸪 天

鹅湖归病起作

辛弃疾

枕簟溪堂冷欲秋[1]，断云依水晚来收。红莲相倚浑如醉，白鸟无言定自愁。　书咄咄，且休休，一丘一壑也风流。不知筋力衰多少，但觉新来懒上楼。

【注释】

〔1〕簟（diàn）：竹席。溪堂：水边的楼台亭阁。

【译文】

躺在竹席上清冷冷好似凉秋，水中彩云倒影晚来收起姿容。红莲花互相倚靠像喝醉了酒，白水鸟安闲静默是独个发愁。与其写咄咄怪事倒不如隐居，一座山丘一条谷壑也是风流。我不知而今衰损了多少筋力，但只觉得近来无气力懒得上楼。

【赏析】

本篇是作者病后抒怀之作。当作于淳熙十五年(1182年)作者落职闲居在江西上饶。上片以白描手法描绘鹅湖秋日暮色，借景寓愁，起句一派秋凉。晚闲，有心如止水的况味。后二句宽对，红莲、白鸟原该色彩鲜艳相映衬，怎知一个带出“醉”，一个寻来“愁”，全是作者本人审美主体的主观感受，自己病体无力，愁绪似醉，于是红莲也便似醉；自己两鬓发白，独自无言，僵卧溪堂，于是鸥鹭也会白羽如发，伫立愁苦。下片写病后所感。先用殷浩和司空图两个典故，意在对比后取舍，该积极抗争，还是消极退隐?结果违心地取了后者。所以陈廷焯说此词是：“信笔写去，格调自苍劲，意味自沉厚，不必剑拔弩张，洞穿已过七折，斯为绝技。”确是词中大手笔。

点绛唇

丁未冬，过吴松作

姜夔

燕雁无心，太湖西畔随云去。数峰清苦，商略黄昏雨[1]。　第四桥边[2]，拟共天随住[3]，今何许?凭阑怀古，残柳参差舞。

【注释】

〔1〕商略：商量，引申为酝酿。

〔2〕第四桥边：指唐诗人陆龟蒙隐居之处。

〔3〕天随：陆龟蒙自号天随子。

【译文】

北来的大雁是那样从容悠闲，从太湖西畔伴随着浮云追逐。数座寂静的山峰啊凄清愁苦，仿佛在商量着黄昏是否落雨。唐朝陆龟蒙隐居在甘泉桥边，我打算追随他亦住甘泉桥边，而今高人何在倚栏缅怀千古，只见参差的衰柳在风中飞舞。

【赏析】

本篇为淳熙十四年(1187年)，由杨万里介绍，自浙江湖州前往苏州访问范成大，途经吴松所作。上片以景寓情，燕雁随云，数峰清苦，都是作者漂泊清苦生涯的写照。下片追思唐诗人陆龟蒙，发怀古幽情，抒写知音难觅的惆怅寂寞。全词化实为虚，意在象外，"无穷哀感，全在虚处"(陈廷焯《白雨斋词话》)。

鹧 鸪 天

元夕有所梦

姜 夔

肥水东流无尽期，当初不合种相思。梦中未比丹青见[1]，暗里忽惊山鸟啼。　　春未绿，鬓先丝，人间别久不成悲。谁教岁岁红莲夜[2]，两处沉吟各自知。

【注释】

〔1〕丹青：指画像。

〔2〕红莲：一种花灯，此为泛指。

【译文】

肥水滚滚东流永远没有终止，悔当初埋下相思情意扰众心。梦境见到的你虽不比画像真，暗地里一阵山鸟悲啼忽惊起。早春草木未绿两鬓却添白丝，人间久别已麻木而不知伤悲。谁在元宵佳节红莲照亮黑夜，你我两地深深相思各自心知。

【赏析】

本篇为元夕夜梦情人抒怀之作，本词借佳节记梦写恋情，作于宁宗庆元三年(1197年)，时词人已四十多岁。本词首句以流水起兴。直如戴叙叔《湘南即事》："沅湘日夜东流去，不为愁人住少时。"次句翻悔前误，则是情深至极，便正语反说，犹如下片的"别久不成悲"，更见其沉挚凄怆。词人一生坎坷，饱经创痛，然于笔墨之事，未尝稍懈。这种执著，这种"岁岁红莲夜"式的九死不悔，其柔情中隐隐透出的清刚之气，实非平常词人所及。作者以健笔写柔情，一往情深，自成高格。

踏莎行

姜夔

自沔东来，丁未元日[1]，至金陵,江上感梦而作。

燕燕轻盈，莺莺娇软[2]，分明又向华胥见[3]。夜长争得薄情知[4]，春初早被相思染。别后书辞，别时针线，离魂暗逐郎行远[5]。淮南皓月冷千山，冥冥归去无人管。

【注释】

〔1〕沔东：唐、宋时州名，即今湖北武汉市。元日：大年初一。

〔2〕燕燕、莺莺：即指所思的女子。

〔3〕华胥：传说中的国名，此代指梦境。

〔4〕争得：怎得。

〔5〕郎行（háng）：郎那边。

【译文】

像飞燕般轻盈黄莺般娇啼，分明白日梦境中跟你相见。长夜漫漫薄情怎知我难眠，春天初到我便被相思熬煎。离别后你寄给我的信笺里，离别时你缝制衣裳的针线，时时感到你的离魂在身边。淮南皓月映照千山的冷寂，你的梦魂悠悠归去无人伴。

【赏析】

本篇是一首梦思情人之词。又是佳节，佳节则倍思远人，思人至深则入梦。首二句即写梦中目睹耳闻玉人前来，视听并下，人鸟难分。上片为感梦思人，换头则是睹物思人。又因人隔千山，故惟有空想幽魂“暗逐”，可怜的是，这最后一招在淮南皓月的冷照下竟已毫无欢趣可言，末二句为传世名句，王国维赞曰：“白石之词，余所最爱者，亦反二语。”

扬州慢

姜　夔

淳熙丙申至日，余过维扬。夜雪初霁，荠麦弥望。入其城，则四顾萧条，寒水自碧，暮色渐起，戍角悲吟。余怀怆然，感慨今昔，因自度此曲。千岩老人以为有《黍离》之悲也。

淮左名都[1]，竹西佳处[2]，解鞍少驻初程。过春风十里，尽荠麦青青。自胡马窥江去后[3]，废池乔木，犹厌言兵。渐黄昏、清角吹寒，都在空城。　杜郎俊赏[4]，算而今、重到须惊。纵豆蔻词工[5]，青楼梦好[6]，难赋深情。二十四桥仍在[7]，波心荡，冷月无声。念桥边红药[8]，年年知为谁生？

【注释】

〔1〕淮左：宋时淮水下游南岸置淮南东路，称淮左。

〔2〕竹西：竹西亭，扬州名胜之一，在扬州北门外。

〔3〕胡马窥江：高宗建炎三年（1129年）及绍兴三十一年（1161年），金兵两次南下，占领扬州等地。

〔4〕杜郎：杜牧；俊赏：俊逸清赏。

〔5〕豆蔻词工：杜牧游赏扬州时所作《赠别》：“娉娉袅袅十三余，豆蔻梢头二月初。”

〔6〕青楼梦：杜牧《遣怀》：“十年一觉扬州梦，赢得青楼薄幸名。”青楼：妓院。

〔7〕二十四桥：杜牧诗：“二十四桥明月夜，玉人何处教吹箫。”唐代扬州城内有二十四桥，至北宋时尚存七座。见沈括《梦溪笔谈·补笔谈》卷三。

〔8〕红药：芍药。

【译文】

扬州自古是淮南东路的名城，这里有著名游览胜地竹西亭，初到扬州我解鞍下马作停留。当年那春风十里的繁华街道，如今却是荠麦青青孤单可怜。自从金兵侵犯长江流域以后，连荒废的池苑和古老的大树，都厌恶再提起那场可恶战争。临近黄昏凄清的号角已吹响，回荡在这座凄凉残破的空城。杜牧曾以优美诗句把你赞赏，今若重来定会为你残破而惊。纵使有豆蔻芳华的精工词采，纵有歌咏青楼一梦绝妙才能，也难抒写此刻深沉悲怆感情。二十四桥依然完好毫无损伤，桥下波心荡漾一弯冷月寂寞。想那桥边红芍年年花叶繁荣，不知年年有谁欣赏为谁而生?

【赏析】

本篇为战乱后过扬州抒怀之作。上片以“名都”起，以“空城”结，今昔盛衰，不尽凄惊。下片化用杜牧诗意，将内容推进一层，设想虚拟杜牧重来，抚今追昔，笔墨难尽；妙用杜牧诗情诗意，赏昔惋今，无尽慨叹、痛极之语，令人伤情，难以复加，用词何以形容?

暗　香

姜　夔

辛亥之冬，余载雪诣石湖。止既月，授简索句，且征新声，作此两曲，石湖把玩不已，使二妓隶习之，音节谐婉，乃名之曰：《暗香》、《疏影》。

旧时月色，算几番照我，梅边吹笛?唤起玉人，
不管清寒与攀摘。何逊而今渐老，都忘却、春风词
笔。但怪得、竹外疏花，香冷入瑶席。　江国，
正寂寂。叹寄与路遥，夜雪初积。翠尊易泣，红萼
无言耿相忆。长记曾携手处，千树压、西湖寒碧。
又片片吹尽也，几时见得?

【译文】

昔日皎洁月色几次映照着我，对着梅花吹得玉笛声韵谐和? 悠扬笛声唤起了美丽的佳人，不顾清冷寒瑟跟我一道折梅。而今我像何逊已经

渐渐衰老，往日绚丽的辞采文笔都忘记。但令我惊异竹林外稀疏梅花，竟将清冷幽香散入华丽宴席。江南水乡之处正是一片静寂。想折梅花寄相思叹路途遥远，夜晚一场积雪又遮断了大地。手捧翠玉酒杯不禁洒下泪滴，面对红梅无语昔日美人犹记。总还记得曾经携手游赏之地，千株梅林压满了绽放的红梅、西湖水上泛着寒波一片澄碧。此刻梅花又被吹得凋落无余，何时才能够重见梅花的幽丽？

【赏析】

此首与《疏影》同为咏梅名篇。上片作者从时间立意，“旧时”月色，疏淡迷离，闻香摘艳，梅边吹笛，重温往事，意味深长，心旷神怡。至此笔转时移。以何逊自况，时移“而今”，“但怪”又折，竹外疏花，冷香入席，人愁寂。托梅怀人，景迷离，人依依。下片于空间立意。过片承上，正寂寂，纵折梅，梅难寄。把酒对花，萼无言，长相忆，以“长记”沟通时空，入往事携手处，千树红梅压枝低，西湖寒碧，写人写花，两相融一。景奇丽幽绝，托出人俊雅，自有丰姿妙韵。结拍纡回，花落人去，“几时见得？”痴情以问句出，委婉跌宕，别有风致，全词处处写梅花，处处念玉人，梅人相映相衬，咏物寄情，写意传神。

唐 多 令

刘 过

安远楼小集，侑觞歌板之姬黄其姓者，乞词于龙洲道人，为赋此。同柳阜之、刘去非、石民瞻、周嘉仲、陈孟参、孟容，时八月五日也。

芦叶满汀洲，寒沙带浅流。二十年重过南楼。柳下系船犹未稳，能几日，又中秋。　黄鹤断矶头，故人曾到否？旧江山浑是新愁。欲买桂花同载酒，终不似，少年游。

【注释】

〔1〕断矶：陡峭的悬崖。

【译文】

芦苇的枯叶落满了汀洲，浅水夹带寒沙缓缓东流。二十年后登上武昌南楼。柳树下的小舟还没系稳，过不了几天就又是中秋。残破黄鹤矶头故友可来？面对陈旧江山生出新愁。买上桂花和美酒去泛舟，却早失少年豪迈的兴头。

【赏析】

本词为刘过词集中不多见的清逸蕴藉之作。首二句写景，即营造了凄迷的氛围。“满”是特定心绪下的幻觉，“带”则有被迫、无奈之意。“二十年”这一醒目的字眼，既是对前二句的注解，又是一声五味俱全的悲叹。“柳下”句承上，以“犹”、“能”、“又”三字连缀，声悲调苦，所谓“词家意欲层深”，于此可见。换头借名楼名诗，感怀昔游，以问句出之，词意凄怆。至结拍，词人已文情难抑，便直抒其怀，佳节美酒易得，少年豪兴难再。在一个否定式的论断下，全词划上了一个沉痛的句号。

木兰花

严仁

春风只在园西畔，荠菜花繁蝴蝶乱。冰池晴绿照还空，香径落红吹已断。　意长翻恨游丝短，尽日相思罗带缓，宝奁如月不欺人[1]，明日归来君试看。

【注释】

〔1〕宝奁：妇女用于装铜镜的镜匣。

【译文】

春光只停留在庭园的西畔，荠菜花开得正繁蝴蝶忙乱。晴日照着池塘里碧绿澄鲜，香径上的花儿被风吹了去。相思太长反而恨游丝太短，整日相思衣带已渐宽松缓。梳妆匣里的明镜不会骗人，明日归来你再亲自看一看。

【赏析】

这是一首写女子相思怀人的词作。词的上片写暮春明丽的景色：花繁蝶乱，春色撩人，暗寓伤春伤别之情。词的下片直抒胸臆在怀人：因情深意长反恨游丝太短，言游丝虽长，牵天挂地，然而没有我相思情长，是无理但有情。末二句不直言因相思而憔悴瘦损，以呼告作结，倩明镜作证，盼郎君试看，可谓曲曲折折，独具韵致，自生波澜。

双双燕

咏燕

史达祖

过春社了，度帘幕中间[1]，去年尘冷。差池欲住，试入旧巢相并。还相雕梁藻井[2]，又软语商量不定。飘然快拂花梢，翠尾分开红影。　芳径，芹泥雨润。爱贴地争飞，竞夸轻俊。红楼归晚，看足柳昏花暝。应自栖香正稳，便忘了天涯芳信。愁损翠黛双蛾，日日画阑独凭。

【注释】

〔1〕春社：社有春秋之别，春社在春分前后。

〔2〕相（xiàng）：察看。井，即承尘，用木架成井形，俗称天花板。藻井：彩绘或画饰的天花板。

【译文】

春社已过燕子穿度重重帘幕，去年筑巢之地变得冷冷清清。双燕拍打着的双翅欲飞又止，试着飞进旧巢并颈双宿双栖。它们又再三细看雕梁的藻井，像似软语呢喃却又商量不定。随后它们又轻快地飞掠花梢，翠尾拨开红花纷披的枝影丛。芳香的小径春雨打湿了芹泥。燕儿喜爱贴着地面争逐飞纵，仿佛竞相夸耀着轻俊的身形。傍晚时燕儿双双飞回了红楼，看够了绿柳昏暗花色的迷蒙。燕儿该是自顾在巢栖息正稳，便忘了捎回天涯游子的芳信。只愁得闺中瘦损了翠黛双眉，一天天独倚着画楼栏杆期盼。

【赏析】

这首《双双燕》，描绘了燕子的生动形象，形神兼备，是一首十分成功的咏物词。

开头三句，先交代时间和地点。接写燕子真的飞来了。“池差”是形容它们摆动双翼和尾羽的样子。句中“欲住”二字，写燕子要寻旧巢，却又有点生怯的神情，确是妙笔。“飘然”二句写燕子冲了出去的情景。下片写小燕儿在草绿花香的小路上衔泥补巢，快活玩耍的情形，却天外飞来一笔“应自栖香正稳，便忘了天涯芳信。”结尾两句不用燕子来结束本词，却用人来结束，这是出人意料的。

喜迁莺

史达祖

月波疑滴，望玉壶天近，了无尘隔。翠眼圈花[1]，冰丝织练，黄道宝光相直。自怜诗酒瘦，难应接许多春色。最无赖，是随香趁烛，曾伴狂客。　踪迹，漫记忆，老了杜郎，忍听东风笛。柳院灯疏，梅厅雪在，谁与细倾春碧[2]?旧情拘未定，犹自学当年游历。怕万一，误玉人夜寒帘隙。

【注释】

〔1〕翠眼圈花：极言花灯之华美精巧。

〔2〕春碧：春日新酿的美酒。

【译文】

融融的月波只疑它似水欲滴，仰望明月澄澈天幕近在眼前，没有一丝的尘埃阻隔了视线。旋转着的花灯像翠绿的柳眼，丝织彩灯射出冰丝般的光练，黄道的宝光与月色交相辉映。可怜我为饮酒赋诗而渐消瘦，再难去应接那春色绚丽无边。最无奈追逐点燃的元宵彩灯，陪着一些少年狂客纸醉金迷。昔日的游踪似乎还依稀记得，杜郎老了怎忍听东风的长笛。垂柳依依的庭院里灯火稀疏，寒梅俏立的厅堂残雪犹积存，谁为我缓缓斟满新酿的美酒？旧日的豪情依然存在没有变，我还要学着重寻当年的游历。只怕耽误寒夜美人帘缝约期。

【赏析】

这是一首元宵忆旧之词。词的上片，“月波”三句，写元夜月景。以波写月之光，并以滴补之，尽写其柔；玉是写其形其色；了无尘隔，言其洁。“翠眼”三句写元宵夜灯景。“自怜”二句，自叹耽诗、病酒、消瘦，有心无力，难应接许多游赏，是目前事。“最无赖”三句，自嘲颠狂，是昔日事。词的下片，“踪迹”四句，自忆，叹已老，一如当年杜牧，临风听笛。“柳院”三句，旧景依然，灯疏雪在，玉人何如，谁与伊人赏春碧?是关心语。“旧情”四句，旧情难忘，仍寄希望与玉人重逢，话当年游历，情深依依，更怕万一，误了寒夜里的美人，在窗边帘缝间的约期。

秋　霁

史达祖

江水苍苍，望倦柳愁荷，共感秋色。废阁先凉，古帘空暮，雁程最嫌风力。故园信息，爱渠入眼南山碧。念上国，谁是、脍鲈江汉未归客。　　还又岁晚，瘦骨临风，夜闻秋声，吹动岑寂。露蛩悲、青灯冷屋，翻书愁上鬓毛白。年少俊游浑断得，但可怜处，无奈苒苒魂惊，采香南浦，剪梅烟驿。

【译文】

远望去江水流长苍茫无际，看败柳曳着倦意枯荷含愁，一同感受这秋色凄凄之景。残破的楼阁透出寒秋凉意，古旧帘幕自垂加深了暮色，远征鸿雁最嫌那强劲风力。贬逐人最期盼故园的消息，最喜爱南山绰约多姿黛碧。我又十分眷念遥远的京城，怀恋家乡美味却不得归去。到年底撑着瘦骨迎风而立，听着夜晚萧瑟孤寂的秋风，吹动起我心中的孤独冷寂。夜露中蟋蟀叫得忧怨悲戚、一盏青灯照着萧瑟的冷屋，翻着书愁绪上涌头发斑白。年少时的游伴已断了消息，但最使我可怜难堪的地方，使我痛楚无奈神魂惊悸的，是在南浦采撷香草送别处，是在烟迷的驿馆剪梅赠寄。

【赏析】

本篇为作者流贬途中悲秋伤怀之作。上片描绘秋天江野凄厉景色，抒写悲秋之情。下片描青灯冷屋、秋夜烦愁的凄凉景象，表现贬谪生涯的辛酸苦楚。全词笔力清峭劲健，风格沉郁苍凉。

贺新郎

九日

刘克庄

湛湛长空黑[1]，更那堪、斜风细雨，乱愁如织。老眼平生空四海，赖有高楼百尺。看浩荡、千崖秋色。白发书生神州泪，尽凄凉、不向牛山滴[2]。追往事，去无迹。　　少年自负凌云笔，到而今春华落尽，满怀萧瑟。常恨世人新意少，爱说南朝狂客，把破帽年年拈出。若对黄花孤负酒，怕黄花、也笑人岑寂。鸿北去，日西匿。

【注释】

〔1〕湛湛：本为水深貌，此处形容黑色之深。

〔2〕牛山滴：指恋生惧死。牛山，在今山东临淄南。

【译文】

深邃的天空一片昏黑看不清，哪里又禁得起风雨交加相袭、我心纷乱如麻万缕愁思如织，我平生就喜欢登高眺望四海。幸亏如今高楼百尺临远观赏，放眼望去千山万壑尽在秋里。我胸襟浩大满怀着一腔意绪。满头白发面对神州如泣如诉，满心凄凉。回顾往事什么踪迹也没留下。少年时我自负拥有凌云健笔，现如今才华早已经损耗殆尽，只剩下满怀萧条寂寞的心绪。常常怨恨人世间的新意太少，只爱说南朝文人的疏狂旧事，动不动就提孟嘉落帽的趣事。如果只是对着菊花而不饮酒，恐怕菊花也要嘲笑人太孤寂。只见鸿雁向北飞去日头西沉。

【赏析】

重阳本是登高远眺的好时光，但却遇上乌云密布，斜风细雨，何等扫兴。然词人偏从此入手，起句便觉不凡。词的上片着重写重阳节登高远望所引起的感伤。其中“神州泪”突现爱国情之可贵。下片先说少年时自负有下笔千言之才华，颇思有所作为。末二句以登高作结，白日西下象征国势危殆，令人痛心。

木 兰 花

戏林推

刘克庄

年年跃马长安市[1]，客舍似家家似寄。青钱换酒日无何[2]，红烛呼卢宵不寐[3]。 易挑锦妇机中字，难得玉人心下事。男儿西北有神州，莫滴水西桥畔泪[4]。

【注释】

〔1〕长安：指临安。

〔2〕无何：没别的事。

〔3〕呼卢：古时赌具有五子，类似骰子，五子全黑称为“卢”，掷得“卢”便获全胜，所以赌徒们连连呼“卢”。

〔4〕水西桥畔：泛指玉人居处。

【译文】

年年驱马跃临安常常东跑西颠，把旅舍当家园家园倒成了旅店。挥霍钱财换酒醉整天无所事事，点亮了红烛掷骰赌博玩了一夜。妻子织出的回文诗句容易理解，却难以猜透美丽的妓女的内心。男儿一定要心向西北神州故国，莫为花巷丽人而泪滴水西桥畔。

【赏析】

这是一首规劝友人摒弃恶习的词作。上片先以“跃马长安”“客舍似家”点其身份及活动场所；继之以“青钱换酒日无何，红烛呼卢宵不寐”，写林推官纵酒赌博的放荡行为，其中深含作者的叹息。下片以“难得玉人心下事”“莫滴水西桥畔泪”写劝林推官不要消磨壮志于风月场中，以“西北有神州”让其知肩有重任，而要为收复中原失地而建功立业。

浣　溪　沙

吴文英

门隔花深旧梦游，夕阳无语燕归愁，玉纤香动小帘钩。　　落絮无声春堕泪，行云有影月含羞，东风临夜冷于秋。

【译文】

我又梦到了她掩着花丛的家门，正是夕阳西下双燕归来的时候，她抬起纤纤玉手牵动小小帘钩。坠落的柳絮静静无声春雨落下，浮云投下了暗影明月含着羞容，东风降临此夜竟比秋风还凄冷。

【赏析】

吴文英虽是密丽词风的代表，但其小令仍有不少清隽可喜之作。本词为感梦之作。上片记梦，首句即苦不堪言，旧游难再暂有小梦相慰已极可怜，梦中却又有重门深花间阻则倍觉无奈，独立无语。下片“落絮”二句，以“春”和“月”喻人，因落絮而引起人的堕泪伤春情在；由行云遮月而念及人之含羞，这该是因为相隔而不得相见，从而引起的种种遐思风月云雨，内含比兴。这首词情余言外，含蓄不尽，游思飘渺，缠绵往复，耐人寻味。

浣　溪　沙

吴文英

波面铜花冷不收[1]，玉人垂钓理纤钩[2]，月明池阁夜来秋。　　江燕话归成晓别，水花红减似春休，西风梧井叶先愁。

【注释】

〔1〕波面铜花：指水面清澈如镜。古代有些铜镜刻有花纹，故称铜花。

〔2〕纤钩：月影。

【译文】

池水像天冷了忘收起来的镜子，弯弯的月影像美人垂钓的鱼钩，秋夜池边的楼阁上有明月相伴。当年像双燕话归却在清晨分离，春意终结时水面上莲荷凋谢了，西风吹过梧桐叶子已先自飘零。

【赏析】

这是一首写景怀人之词。

上片写秋景，波平如镜，水动月影，垂钓理纤钩，明月照水倒映，而词人只觉得风梧声声，一派秋意浓。

下片怀玉人。换头承上说追忆当日晓别情景，其原因就在于燕别人去，红从日减，春随花休，美好的事物已经消逝。笼罩全词的，便是这样一种凄凉的色调。

风入松

吴文英

听风听雨过清明，愁草瘗花铭[1]。楼前绿暗分携路，一丝柳、一寸柔情。料峭春寒中酒[2]，交加晓梦啼莺[3]。　西园日日扫林亭，依旧赏新晴。黄蜂频扑秋千索，有当时纤手香凝。惆怅双鸳不到[4]，幽阶一夜苔生。

【注释】

〔1〕瘗（yì）：埋葬。

〔2〕中（zhòng）酒：醉酒。

〔3〕交加：纷多杂乱貌。

〔4〕双鸳：鸳鸯履，指女鞋。

【译文】

听着风声听着雨声度过清明，埋葬残花后写成葬花的铭文。在楼前绿柳掩映处我们分手，每条柳丝都寄托着一寸柔情。春寒料峭我又喝得酩酊大醉，想梦见你却又被莺啼声唤醒。西园里天天清扫着林中小亭，依旧欣赏着风雨过后的新晴。黄蜂频频地飞扑秋千的吊绳，还有当时她纤手残留的香气。惆怅柳荫路不见她步履双痕，幽暗的台阶一夜间青苔丛生。

【赏析】

这是首清明节怀念情人的作品，故伤春又思人。上片以“料峭”二句作结，文情愈趋紧张，换头处则用以闲疏之笔，缓解语势。下片抒发作者醉心于怀念往事的惆怅之中。以“扫”“赏”二字，写西园趣事，写玉人扶索留英，逗黄蜂频扑空忙，“黄蜂”二句是“痴语，是深语”，这两句警策语，空灵幽，奇思妙想，甚为绝唱。结句“双鸳不到”“幽阶苔生”，给人以温厚之感。

惜黄花慢

吴文英

次吴江，小泊，夜饮僧窗惜别。邦人赵簿携小妓侑尊，连歌数阕，皆清真词。酒尽已四鼓，赋此词饯尹梅津。

送客吴皋，正试霜夜冷〔1〕，枫落长桥。望天不尽，背城渐杳，离亭黯黯，恨水迢迢。翠香零落红衣老〔2〕，暮愁锁，残柳眉梢。念瘦腰、沈郎旧日，曾系兰桡。　仙人凤咽琼箫，怅断魂送远，《九辩》难招〔3〕。醉鬟留盼〔4〕，小窗剪烛，歌云载恨，飞上银霄。素秋不解随船去，败红趁一叶寒涛。梦翠翘，怨鸿料过南谯〔5〕。

【注释】

〔1〕试霜：霜初降如试。

〔2〕红衣：指荷花。

〔3〕《九辩》：楚辞篇名，屈原弟子宋玉作。

〔4〕醉鬟：指伊人昔日的神貌。

〔5〕谯（qiáo）：谯楼，指建在城门上用以远望的高楼。

【译文】

霜降的夜晚我在吴淞江畔送客，夜风吹落枫叶飘洒在垂虹桥上。寥廓的天空望不到尽头在何处，背后的城郭渐渐离得越来越远，送别的长亭在暮色中变得暗淡，满含离恨的溪水缓缓地流淌着。翠碧的荷叶零落香消荷花衰败，暮色里残柳的眉梢紧锁了离愁。想念腰肢消瘦的沈郎旧日时光，也曾经把那兰舟系在江边渡口。歌女唱的曲子如此的哀婉动人，我对友人的离愁已经越流越远，唱起九辩的悲歌也难以招回来。含醉的歌女不断地在留恋顾盼，在小窗剪烛的两人分别宴席上，她的歌声婉转悠扬载着离愁别恨，响彻云天飞上月色如银的霄汉。凄清的秋色不懂得随着船远去，只留下落花在寒涛中追逐旋转。夜梦中仿佛见到她鬟插着翠翘，想传递怨情的鸿雁已飞过楼南。

【赏析】

从小序看，这是一首送客惜别之词，辞秀韵美。上片实叙送别，起处点明时和地，并以景融情，渲染了一种凄清愁苦的送别气氛。下片写剪烛夜饮，又用楚辞中招魂之典，借“仙人凤咽琼箫”，遣自身之郁怀。“素秋”二句想象奇特，却又不离江边小泊实事实景，笔法细婉。末以梦作结，明寄怀归之情。本词有十数个去声字，万树在《词律》中赞其“用字精密处，严确可爱”，实不失为一首佳作。全词忽景忽情，忽真忽幻，忽人忽己，忽昔忽今，忽醉忽醒，情思凄婉，耐人寻味。

八声甘州

灵岩陪庾幕诸公游〔1〕

吴文英

渺空烟四远，是何年、青天坠长星？幻苍崖云树，名娃金屋，残霸宫城[2]。箭径酸风射眼，腻水染花腥。时靸双鸳响，廊叶秋声[3]。　宫里吴王沉醉，倩五湖倦客[4]，独钓醒醒。问苍波无语，华发奈山青。水涵空、阑干高处，送乱鸦、斜日落渔汀。连呼酒，上琴台去[5]，秋与云平。

【注释】

〔1〕灵岩：山名，在今苏州市西，上有春秋时吴国的遗迹。

〔2〕名娃金屋：名娃，指西施。金屋，原指汉武帝少时要给阿娇住的华贵房屋。此指吴王为西施所建的馆娃宫。残霸：吴王夫差一度称霸，后为越王勾践所灭，故云。

〔3〕靸（sà）：拖鞋，此作动词用。

〔4〕五湖倦客：指范蠡。

〔5〕琴台：在灵岩山上。

【译文】

纵目四望只见长天空阔云烟渺茫，究竟是在哪一年青天坠落了长星？幻化出这座苍翠的山崖云树葱茏，还存有夫差的宫城和美人的宫殿。小径直如箭矢一般酸风刺人眼睛，脂粉污染清流鲜花也被染了腥气。耳边响起的是不是美人的木屐声，亦或是秋风吹着树叶飒飒响不停。当年吴王夫差沉醉在吴国的宫殿，那厌倦仕途的范蠡隐退五湖之间，独钓江流使头脑无比清醒和灵活。忍不住向苍天发问却没得到回应，满头花白头发如何面对苍苍青山。清清湖水虚涵着碧蓝无边的天空、登到高处凭倚着栏杆向远处眺望，眼望着乱飞的乌鸦远远离开这里、斜日渐渐沉落在渔翁垂钓的沙汀。我心潮起伏连声呼唤小二拿酒来，赶快登上西北最高山峰上的琴台，把我满腔的悲愤全部交付给秋云。

【赏析】

这是一首咏怀古迹词，词中通过写春秋吴国的兴衰古事抒发心中的无限感慨。篇首即以长句提问，“渺空烟”，虽为目接，实乃神遇，“是何年”亦类似屈子“天问”，立意高远。“幻”字领出下文，直至换头处“独钓醒醒”句，貌观之，皆前尘故事，却因陈迹残存，虚实相间，真幻难分。“问苍天”句又一致意，却折回自身，悲叹青山依旧，韶华远逝，接着以“水涵空”二句借疏笔景语顿宕，结句再次振起，“秋与云平”四字更是语新调远，不同凡响。

踏莎行

吴文英

润玉笼绡[1]，檀樱倚扇[2]，绣圈犹带脂香浅[3]。榴心空叠舞裙红，艾枝应压愁鬟乱[4]。

午梦千山，窗阴一箭，香瘢新褪红丝腕[5]。隔江人在雨声中，晚风菰叶生秋怨。

【注释】

〔1〕笼绡：穿着薄纱。

〔2〕檀樱：浅红色的樱桃小口。

〔3〕绣圈：绣花圈饰。

〔4〕艾枝：端午时以艾为虎形，或剪彩为小虎，粘艾叶以戴。

〔5〕香瘢：指手腕上的印痕。

【译文】

柔润似玉的肌肤笼罩着轻纱，檀红的樱桃小口倚靠着歌扇，脖颈上的绣花圈饰脂香淡淡。石榴花心空自叠印在红舞裙，艾枝该压得带愁的鬓发缭乱。正午梦入千山窗前光阴似箭，手腕刚褪掉红丝勒出的香斑。隔着江面那人在淅沥的雨中，晚风吹得菰叶簌簌生出秋怨。

【赏析】

这首《踏莎行》是词人端午节忆苏州去姬的感梦之作。

上片写人，首三句描绘轻绡轻笼着莹润的玉肤，彩扇遮住樱桃般的红唇，绣花圈饰散发出脂粉的幽香。“榴心”二句，先从石榴红的舞裙暗示伊人歌女的身份，再从鬓发散乱暗示她小睡乍醒的神情。下片首两句先写午梦方醒，揭示上片全为梦境。“千山”句以云外千山形容梦境之遥远渺茫，然而醒后窗前日影才移一箭之地，又可见午梦短促。“香瘢”句借伊人手腕印痕说明消瘦之甚。此是以梦中伊人的瘦损，引出作者因之而生的怜惜和思念。

贺新郎

陪履斋先生沧浪看梅

吴文英

乔木生云气，访中兴、英雄陈迹，暗追前事。战舰东风悭借便[1]，梦断神州故里。旋小筑、吴宫闲地。华表月明归夜鹤，叹当时、花竹今如此。枝上露，溅清泪。　遨头小簇行春队[2]，步苍苔、寻幽别墅，问梅开未？重唱梅边新度曲，催发寒梢冻蕊。此心与东君同意[3]，后不如今今非昔，两无言，相对沧浪水。怀此恨，寄残醉。

【注释】

〔1〕战舰东风：指高宗建炎四年（1134年）韩世忠黄天荡大捷。

〔2〕遨头：指太守。

〔3〕东君：原指春神，此指吴履斋。

【译文】

高大的树木上翻涌着云气，我们来寻访大宋中兴时期、在英雄韩世忠将军的故居，暗暗追思往日的辉煌事迹。当初黄天荡大捷没有东风，使英雄只能梦游神州故地。韩将军来到江南建起小筑、就在吴越故宫的闲寂旧地。月夜飞归的仙鹤落在华表，感叹当时繁华翠竹的故苑、而今却变得如此清静寂寥。树梢之上洒落的点点露水，仿佛是谁淌下的清冷泪滴。吴太守聚集小小的游春队，踏过了绿苔到别墅去寻访，探问梅花是否绽放了花蕊？梅林旁反复唱新谱的歌曲，催放了枝梢上凝冻的花蕾。这份痴心正合太守的情意，今后不如现在也不如从前，想到这些我们都默默无语，只好面对着沧浪河的流水。怀着忧国之恨不停地喝酒。

【赏析】

这是一首怀古念今的词。

词的上片写游沧浪亭凭吊韩世忠。开头三句，缅怀韩世忠的英雄事迹。词的下片写由看梅引起的今不如昔的感慨。“遨头”三句写太守游春。“问梅”三句，紧扣题目。“重唱”二句写作者与吴潜唱和词曲。

"此心"三句，写二人在对时局的看法上的同心默契。最后两句，写词人怀着亡国之恨，而又无可奈何，只好借酒浇愁的忧伤心情。

湘春夜月

黄孝迈

近清明，翠禽枝上消魂。可惜一片清歌，都付与黄昏。欲共柳花低诉，怕柳花轻薄，不解伤春。念楚乡旅宿，柔情别绪，谁与温存？　空尊夜泣，青山不语，残照当门。翠玉楼前[1]，惟是有，一陂湘水，摇荡湘云。天长梦短，问甚时、重见桃根？者次第[2]、算人间没个并刀，剪断心上愁痕。

【注释】

〔1〕翠玉楼：泛指华楼。

〔2〕者次第：这光景。

【译文】

临近清明翠鸟的叫声凄婉动人。可惜这一片清歌都付与了黄昏。我想对着柳花低诉自己的心情，又怕柳花轻薄不懂得伤春之心。想到自己独自漂泊在南国楚乡，这种离情别绪又有谁来安慰呢？我对着空空的酒杯在夜色中哭，而满目的青山却依旧默默无语，一缕如血的残阳照着旧时门户。在这座富丽堂皇的翠玉雕楼前，也只有那一池悠悠漂流的湘水，倒映着那悠悠轻荡摇摆的湘云。无聊的白日漫长而梦境却很短，问苍天何时才能够和恋人见面？此情此景真是令人心酸和愁怨，整个人间也没有并州的刀和剪，能把我心中的千愁万绪来剪断。

【赏析】

从字面上看这是一首写离愁别绪的婉约词，实际上，作者以翠鸟伤春为喻，写自己面对国家每况日下的形势，心存难以言说的隐痛。全词从清明鸟鸣写起，感叹清歌虽动听，却付与了黄昏，柳花又太轻薄，不足低诉衷肠，无可与语，故上片以"谁与温存"结束。换头处"空"字承上，接着写景，清丽多姿，摇荡心旌。“问甚时”句真情所至，自然点出所思之人。结语沉挚率直。

兰 陵 王

丙子送春

刘辰翁

送春去，春去人间无路。秋千外，芳草连天，谁遣风沙暗南浦。依依甚意绪?漫忆海门飞絮[1]。乱鸦过、斗转城荒，不见来时试灯处。　春去谁最苦?但箭雁沉边[2]，梁燕无主，杜鹃声里长门暮[3]。想玉树凋土，泪盘如露[4]。咸阳送客屡回顾，斜日未能度。　春去尚来否?正江令恨别，庾信愁赋，苏堤尽日风和雨。叹神游故国，花记前度。人生流落，顾孺子[5]，共夜语。

【注释】

〔1〕海门飞絮：海边飞絮。指南宋幼帝南下从海上逃亡。

〔2〕箭雁：被箭射中受伤的雁。借指被俘虏的南宋君臣。

〔3〕长门：本汉武帝时长门宫，即陈皇后遭贬后居处。这里指宋亡后临安的宫殿。

〔4〕泪盘如露：汉武帝晚年为求长生，命人在长安建章宫造神明台，上有铜人手托盛露铜盘。魏明帝曹睿景初元年，将铜人从长安搬出，准备移立于洛阳宫殿前。拆卸时，据说铜人眼中流下泪来。

〔5〕孺子：指作者的儿子刘将孙。

【译文】

欲送春天归去人间却没有归路。在曾荡过的秋千旁芳草连天涯，是谁扬起风沙巨浪使南浦昏暗。纵有依依离情此刻没有好情绪？徒自忆念着像飞絮一样的人们。乱鸦过后斗转星移帝城变荒芜，再也看不见来时试灯处的热闹。春天已经归去属谁最痛怀感伤？只有被箭射伤的大雁落在北方，失去主人的梁间燕子忙着寻巢，杜鹃在日落的残殿里啼叫不止。那珍贵的玉树长埋在泥土之中，那承露盘中盛满了如泪的清露。离开咸阳时一次又一次回头看，那令人哀伤的黄昏又怎么度过。春天归去是否还能够回到这里？我像江淹一样满怀离别的忧怨，像庾信一样写下了愁赋的语句，西湖苏堤日日笼罩着凄风苦雨。只能在梦境中去故国游历一番，让花朵把他以前的样子记清楚。如今流落他乡只能和小儿一起，在夜色中相互倾诉着伤国之痛。

【赏析】

本词题为送春，实写亡国之痛。以春喻国，不露痕迹，哀婉无穷。词分三片，片片以送春发端，大声急呼，喝人猛省。皆系以重笔出之。更加笔著意显，旨志其中。上片写临安城陷后的残败景象，指出流落海外的南宋朝廷已面临“无路”的境地。“秋千外”三句，写出一派凄迷景色。中片写南宋君臣与庶民所遭受的亡国之痛，以燕与杜鹃来衬托人之伤痛。下片抒发故国之思，感叹只能神游故国，空忆繁华。词中多用比兴寄托手法，言在此而意在彼，含蕴极深，一字字一声声都沁透了爱国遗民的血泪。

永遇乐

刘辰翁

余自乙亥上元，诵李易安《永遇乐》，为之涕下。今三年矣，每闻此词，辄不自堪，遂依其声，又托之易安自喻，虽辞情不及，而悲苦过之。

璧月初晴，黛云远淡，春事谁主？禁苑娇寒，湖堤倦暖，前度遽如许。香尘暗陌，华灯明昼，长是懒携手去。谁知道、断烟禁夜，满城似愁风雨。

宣和旧日，临安南渡，芳景犹自如故。缃帙流离[1]，风鬟三五，能赋词最苦。江南无路，　州今夜，此苦又谁知否？空相对、残釭无寐，满村社鼓。

【注释】

〔1〕缃帙：浅黄色书套。本句写李清照逃亡时丢失珍贵书籍。

【译文】

雨过天晴碧玉般的明月刚升起，青黛色的云层向远处越飘越淡，又有谁来主宰春天的美丽景观？宫廷园林里残留着早春的轻寒，西湖堤上天长日暖真令人困倦，前度曾游现今竟有如此的剧变。脂香弥漫的尘埃将道路遮昏暗，华灯照耀得如白昼一样明灿灿，但我却懒在家中不愿结伴出去。谁料想今日竟禁止生火和夜行，满城似在风雨中飘摇愁云惨淡。回想旧日繁华热闹的宣和年间，一直到国家南渡临安城的时候，那元宵佳节美景都和往常一样。南渡之时易安丢失了珍贵书籍，鬓鬟纷乱狼狈不堪又难以承受，只好作词抒发她的痛苦和忧伤。如今我流落江南无路可以回家，就像杜甫在咏叹着今夜鄜州月，有谁明白我对故园亲人的苦恋？空自与残灯相对心烦不能入眠，直到天色大亮满村社鼓声响起。

【赏析】

本篇为元夕重访沦陷后的临安感怀伤国之作。词按李清照《永遇乐》原词的声律填写。按小序提示计算，本词作于瑞宗景炎三年(1278年)，南宋都城临安在两年前被元军占领。故小序中说“悲苦过之”。上片写景开始，“春事难主”一问令人猛省，次二句“娇”、“倦”连下“懒”字，均以主观感觉表现作者的情感态度，笔触愈细致，愈见其感喟遥深。下片托李清照故事及杜甫诗意寄慨，最后以灯下听满村社鼓作结。全词从静景开始，却结以喧闹之声，足见词人当时内心的烦乱悲苦。笔调柔婉凄切，读之令人感叹不已。

玉京秋

周密

长安独客，又见西风、素月、丹枫，凄然其为秋也，因调夹钟羽一解。[1]

烟水阔，高林弄残照，晚蜩凄切[2]。碧砧度韵，银床飘叶[3]。衣湿桐阴露冷，采凉花时赋秋雪[4]，叹轻别，一襟幽事，砌虫能说。　客思吟商还怯，怨歌长、琼壶暗缺。翠扇恩疏，红衣香

襬，翻成消歇。玉骨西风，恨最恨、闲却新凉时节。楚箫咽，谁倚西楼淡月。

【注释】

〔1〕长安：借指临安。

〔2〕蜩（tiáo）：蝉。

〔3〕银床：白色的石井栏。

〔4〕秋雪：指芦花。

【译文】

烟气渺茫天高云阔水波荡渺，高高的林梢染上落日的余辉，寒蝉在凄冷的夜里哀鸣不止。画角声声捣衣砧敲出了相思，白色井边处飘下梧桐的枯叶。我在梧桐树下凉露沾湿衣鞋，我采一朵芦花歌咏她的纯洁，我感叹与她轻易离别的无奈，满腔幽怨和哀痛如潮水一般，台阶下的虫仿佛在替我述说。游子思归吟秋声使人心忧烦，怨歌长游子心如琼壶暗中残。如同夏日的团扇被捐弃抛撇，如同鲜艳的荷花都枯萎凋谢，一切美好的景致都已不存在。我在萧瑟的西风中独自伫立，在我心中最遗憾最怨恨的是、白白虚度了这清凉的好时节。远处传来箫声如同女子悲咽，是谁凭倚西楼身披一层淡月。

【赏析】

本词为客中悲秋之作。上片描写登临所见高远、萧瑟的秋景，抒写独客京华相思离别的感伤幽怨。下片感慨往事如烟，抒写离愁别恨和郁郁不得志的苦闷。语言清丽，笔致雄秀婉雅。

贺新郎

蒋　捷

梦冷黄金屋，叹秦筝斜鸿阵里，素弦尘扑。化作娇莺飞归去，犹认纱窗旧绿。正过雨，荆桃如菽。此恨难平君知否？似琼台、涌起弹棋局[1]。消瘦影，嫌明烛。　鸳楼碎泻东西玉[2]，问芳踪、何时再展？翠钗难卜。待把宫眉横云样，描上生绡画幅，怕不是新来妆束。彩扇红牙今都在，恨无人、解听开元曲[3]。空掩袖，倚寒竹。

【注释】

〔1〕弹棋：弹棋秤的形状中间突起，周围低平。

〔2〕弯楼：此指酒楼。东西玉：酒器名。

〔3〕开元曲：盛唐时期的歌曲，此借指南宋歌曲。

【译文】

梦中黄金屋的欢愉已经成过去，叹息秦筝上的弦柱像雁阵飞行，如今任灰沾落她化作娇莺归去，还能够辨认出纱窗旧日的绿色。窗外正吹过细雨樱桃犹如红豆。这相思愁恨难以平静君可知情？人事沧桑就如同弹棋游戏一样。孤灯相伴映照出我消瘦的身影，总嫌那烛光太明照出我的憔悴。鸳鸯楼上碰杯饮酒杯碎美酒倾，试问她的芳踪何时再能够相逢？我用翠钗难以把归期占卜出来。想把她的宫眉画成纤云的式样，生绡的画幅描上她的美丽容颜，只怕已经不是时兴的新妆服饰。歌舞的彩扇牙板如今都在眼前，遗憾的是已经人去楼空欢情散、懂得欣赏往昔盛世的繁华乐曲。空自掩袖拭泪凄凉地倚着翠竹。

【赏析】

本词借一位美人表达自己的亡国之恨，构思巧妙，辞意深曲。上片首句以“黄金屋”暗点女主人公的身份、经历，接着写室内器物，抓住秦筝素弦，写出她的素质高雅并以筝抒意，发身世不幸之感。并以娇莺认旧绿，过雨荆桃如菽，面对如此沧桑变，心难平，并以棋喻之，慨叹人生一盘棋，输输赢赢。换头句写酒泻玉碎，似有覆亡之意，接着表达了对伊人芳踪的热切关注，末因“无人解听开元曲”的失望，故惟有洁身自好，表达了遗老孤臣幽独悲郁的情怀。全词意境迷离，深婉沉郁。

高　阳　台

西湖春感

张　炎

接叶巢莺，平波卷絮，断桥斜日归船。能几番游?看花又是明年。东风且伴蔷薇住，到蔷薇、春已堪怜。更凄然，万绿西泠，一抹荒烟。　当年燕子知何处?但苔深韦曲，草暗斜川。见说新愁，如今也到鸥边。无心再续笙歌梦，掩重门、浅醉闲眠。莫开帘，怕见飞花，怕听啼鹃。

【译文】

浓密的叶底下有筑巢的黄莺，湖上微波翻卷着飘落的柳絮，断桥斜日下面有归来的游船。西湖春光短暂还能几次游玩？想看春光绚烂还要等到明年。东风暂且陪伴蔷薇短暂停留，待到蔷薇花开残春景色憔悴。心凄凉万绿丛中耸立西泠桥，远看就像是笼罩着一抹荒烟。当年巢居的燕子飞向了哪里？贵族们聚集的地区青苔深碧，隐士闲居的川原也草色暗绿。听说不断蔓延的新愁与伤感，如今也到了快乐的鸥鸟身边。没有心思再做笙歌欢娱美梦，只有紧紧地掩上了重重门户、带着轻微的醉意悠闲地酣眠。不把帷帘掀起怕见凋谢飞花，怕听见那一声声杜鹃的悲啼。

【赏析】

亡国之音哀以思，本词即是一首眷念故国的哀歌，借西湖感春抒发自己的亡国哀痛。上片起拍写实景，景密意淡，接着以问句叫起陡转，悲叹盛景无常，“东风”句作一痴妄之想，下句“到蔷薇、春已堪怜”则从上句转出，意更深远。过片再以问句振起词气，又以“但”字领起，借苔深草暗寓繁华都尽，接着从鸥愁写人愁，从闲眠写难眠，末以两“怕”字表露词人内心深藏的悲痛。陈廷焯赞此词“凄凉幽怨，郁之至，厚之至”（《白雨斋词话》），是很恰当的。此词凄怆缠绵，深婉空灵。感时伤世，自有一番清芬。是宋词中别具一格的作品。

解　连　环

孤　雁

张　炎

楚江空晚，恨离群万里，恍然惊散[1]。自顾影、却下寒塘，正沙净草枯，水平天远。写不成书，只寄得、相思一点。料因循误了[2]，残毡拥雪，故人心眼。　　谁怜旅愁荏苒，漫长门夜悄，锦筝弹怨。想伴侣、犹宿芦花，也曾念春前，去程应转。暮雨相呼，怕蓦地、玉关重见。未羞他、双燕归来，画帘半卷。

【注释】

〔1〕怳（huǎng）：“恍”的异体字，失意貌。

〔2〕因循：随便。

【译文】

在楚江空阔的夕阳残照中，惆怅离开群雁已遥遥万里，恍然离群惊散是多么孤单。回过头来望着孤单的影子、想要飞下寒塘在夜里睡眠，有荒枯的野草白净的沙滩，江水平阔伸向辽远的天边。群雁排成人字却不能写信，遥空传寄的只是相思一点。因为失散而耽误送信期限，寄信人就着积雪吞食残毡，他们心向故国把秋水望穿。谁哀怜羁旅愁思迁延不断，枉然在长门静夜忧伤辛酸，弹奏起锦筝抒写哀怨情愁。遥想伴侣可能还露宿芦花，它们也盼望春季到来之前，拔转归程飞回塞北的荒原。在暮雨潇潇中与侣伴相呼，只怕突然在边关荒野相见。不觉得羞惭当双燕归来时，栖息于画帘半卷的楼檐上。

【赏析】

此篇为咏孤雁词。张炎精于咏物，这首咏孤雁词最为有名，词中对孤雁离群惊散后孤独凄苦的生活和期盼雁北归能与伴侣重逢的一往深情，都描绘得惟妙惟肖，穷形极相。词人的家园之痛和身世之悲也尽蕴含在对孤雁这一形象的描绘之中。上片先以空阔凄寒的环境衬托雁之孤单，“写不成书”以下五句从雁影不成字只能成点生发开来，再与苏武故事结合，柔情与壮怀融合无间。下片借长门事兼用杜牧《早雁》诗意，再巧设拟想之辞，新警而又婉转，咏雁而不滞于雁，清空一气，自然如话。全词将咏物、抒怀、叙事紧密结合，托物寄意，委婉缠绵，情意深永。

天香

龙涎香

王沂孙

孤峤蟠烟，层涛蜕月，骊宫夜采铅水[1]。汛远槎风，梦深薇露，化作断魂心字。红瓷候火[2]，还乍识、冰环玉指。一缕萦帘翠影，依稀海天云气。

几回殢娇半醉[3]，剪春灯、夜寒花碎。更好故溪飞雪，小窗深闭。荀令如今顿老[4]，总忘却尊前旧风味。漫惜余薰，空篝素被。

【注释】

〔1〕峤（jiào）：尖而高的山，此指海中礁石。骊宫：骊龙之宫。铅水：喻龙涎。

〔2〕候火：焙制龙涎香时须时刻守候的适当文火。

〔3〕回殢娇：撒娇。冰环玉指：喻香饼形状。

〔4〕荀令：东汉荀 ，字文若，为汉侍中，守尚书令，故称荀令。

【译文】

孤独的礁石上缭绕着层层浓烟，透过层层云涛明月已升在云天，夜晚到骊宫采集铅水般的龙涎。风送竹筏随着海潮慢慢地走远，夜深时混和着蔷薇的清露研炼，化作心字形篆香令人凄然魂断。再装到红瓷盒中仔细加以烘焙，烘焙后人乍看就像晶莹的指环。点燃时一缕翠烟萦绕在幕帘中，仿佛是海天相连处的云蒸霞蔚。暗想从前她几次在微醉后撒娇，在清寒的春夜里慢慢剪碎灯花。更兼故乡的溪山飘扬轻雪漫漫，小窗一关那情味令人无比陶醉。而今我如同荀令一样年华老去，早已忘却灯座前和伊人的缠绵。徒然爱惜当年留下的薰香余味，依然把素被放在空空的熏笼上。

【赏析】

本篇描写龙涎香被采集、制作的神秘而凄然魂断的情形，富有神话悲剧色彩，引人入胜，作者以此寄托宋陵被废的悲哀，抒发亡国伤痛，并织入个人身世感慨，格调沉郁幽咽，使事用典，贯以意脉，意味深长，辞采精丽，字凝语炼，只是稍嫌晦涩。

眉妩

新月

王沂孙

渐新痕悬柳，淡彩穿花，依约破初暝。便有团圆意，深深拜[1]，相逢谁在香径？画眉未稳，料素娥、犹带离恨。最堪爱、一曲银钩小，宝帘挂秋冷。　　千古盈亏休问，叹慢磨玉斧[2]，难补金镜[3]。太液池犹在，凄凉处、何人重赋清景？故山夜永，试待他、窥户端正[4]。看云外山河，还老桂花旧影。

【注释】

〔1〕拜：古代的妇女有拜新月之习俗。

〔2〕慢磨玉斧：传说中以为月中有吴刚以玉斧砍桂一事。慢：同谩，徒然。

〔3〕金镜：喻月亮。

〔4〕端正：指满月。

【译文】

一弯新月慢慢升起悬挂柳梢，淡淡的月光穿过重重的花影，无声地划破笼罩大地的薄暮。新月明艳使人生出团圆之心，闺中佳人更深深地拜月祈盼，如今在什么地方能重逢相见？新月好像美人未画好的蛾眉，这大概是嫦娥因为背井离乡，还带着幽幽怨恨最让人怜爱。这一弯小小的银钩似的月牙，在冷冷高空挂起秋夜的宝帘。千百年来月亮盈亏没有原因，可叹的是把玉斧磨得再锋利，也难以把月修补得永不亏缺。长安故都的太液池依然还在，但到处都是荒凉凄寂的景色，谁能重新描写昔日清丽湖山？故国的夜是这样漫长无休止，人们都期待着月亮早点圆满、皎洁的光早点照进千家万户。再看云外辽阔而残缺的河山，桂花影也变得衰老缺残可怜。

【赏析】

这首词约作于南宋灭亡前夕。全词通篇咏新月。上片侧重写新月形状和色光，起首以“渐”字领起，描绘新月初上时的动态夜景，细腻工致。又以人间拜月期盼团圆，想到嫦娥的离恨，过片突出金瓯长缺的悲叹。太液池赋诗一典，感慨犹深，言“何人重赋”，其实纵有人赋，故土却已难复，也是徒然，“试待他，窥户端正”，虽寄予热望，末句却又是无望的长叹。全词辞工意曲，体物入微，热肠一片更使词作韵味深厚。这首词以婉丽浓艳之词，抒其爱国之志、补镜之愿，音辞高亮，寓意自深。

六丑

杨花

彭元逊

似东风老大，那复有当时风气。有情不收，江山身是寄，浩荡何世?但忆临官道，暂来不住，便出门千里。痴心指望回风坠，扇底相逢，钗头微缀。他家万条千缕，解遮亭障驿，不隔江水。　瓜洲曾舣[1]，等行人岁岁。日下长秋[2]，城乌夜起。帐庐好在春睡，共飞归湖上，草青无地。愔愔雨[3]、春心如腻。欲待化、丰乐楼前帐饮，青门都废[4]。何人念、流落无几。点点抟作雪绵松润[5]，为君浥泪[6]。

【注释】

〔1〕瓜洲曾舣（yǐ）：瓜洲，此处指渡口。舣，停船靠岸。

〔2〕长秋：汉宫名，皇后所居，此为泛指。

〔3〕愔（yīn）愔：静寂无声貌。

〔4〕丰乐楼：在西湖。青门：古长安城门名，此借指南宋旧都城。

〔5〕抟（tuán）：把东西捏聚成团。

〔6〕浥（yì）：沾湿。

【译文】

暮春时节仿佛东风已经衰老，那还有当初风华正茂的意气。杨花有情但是却没有人来收，身世飘零如同短暂寄托一样，也不知道流转到今日为何世？只记得临近通衢的一条大道，短暂的留连不能够长久居住，即便离家远行流浪千里之外。痴心盼望一阵旋风吹坠大地，将我吹落在扇底和你再相逢，在美人的钗头之上轻轻点缀。他家家里面的垂柳万条千缕，懂得遮护长长亭台屏障驿邸，怎么能隔断奔流不息的江水。曾经在瓜洲的渡口依舟着岸，一年年等待着行人返回归家。太阳西下时生出丝丝的寒意，城里的乌鸦夜里飞来又飞起。帐庐非常温暖正好享受春睡，与杨花们共同飞回湖面之上，芳草天涯遍地青绿无地存身。悄悄地下着连绵不断的细雨、湿粘的柳絮恰似春心般柔腻。欲等到由浓腻而化归为清新、便相邀在丰乐楼帐下共狂欢，往日雄伟壮丽的城楼变废墟。何人怜念流落无依生命无几。点点抟成如雪似绵的松润球，为了你而浸透了无数的泪滴。

【赏析】

本词咏杨花。表面上句句是咏杨花，实际上是字里行间寓以词人身世之感，含有故国君王之思。这首词以细腻笔触，描绘了飘零无依的杨花，并用拟人手法，赋予它哀怨之感，缠绵之情，杨花无依飘零的形象，便是南宋遗民的形象，故此词，无不有哀民悼国之感。本词看起来并不想固守词家所谓不粘不滞的行规，而是直抒其情，随意任性，洋洋洒洒，一如漫天飞舞无可依归的落絮游丝，倒也清新别致。另外，从本词也可看出由宋入元后雅词的通俗化趋势，这也与散曲的兴起有关。

凤凰台上忆吹箫

李清照

香冷金猊，被翻红浪，起来慵自梳头[1]。任宝奁尘满，日上帘钩。生怕离怀别苦，多少事、欲说还休。新来瘦，非干病酒，不是悲秋。　休休，者回去也，千万遍《阳关》[2]，也则难留。念武陵人远[3]，烟锁秦楼[4]。惟有楼前流水，应念我、终日凝眸。凝眸处，从今又添，一段新愁。

【注释】

〔1〕金猊（ní）：金属做的形状如狮子的香炉。被翻红浪：红锦被没有叠好，乱摊在床上，表人主人的懒散心情。

〔2〕者：同“这”。阳关：即《阳关三叠》，为送别乐曲。

〔3〕武陵人远：原指陶渊明《桃花源记》中渔人，此处借指在远方的爱人。

〔4〕秦楼：即凤台，相传是秦穆公女儿弄玉与其夫箫史乘凤飞升之前的住所。这里用来比喻作者的住处。

【译文】

狮子造型的铜炉里熏香冷透，床上锦被翻卷起红色的波浪，清晨勉强起来还是懒怠梳头。妆镜台随它铺满了厚厚尘垢，太阳光尽管能够照到那帘钩。就怕分别时刻心里十分难受，很多的心事说不清难以张口。最近一段时日身体日渐消瘦，完全不是因为饮酒过量伤身，也不是因为看到景物而悲秋。这回离别一走就这样算了吧，千万遍地唱起那首阳关三叠，也终究还是难以再次的挽留。你离开桃源仙境一去难回头，我这里凤去楼空烟雾锁空楼。我整日对着楼前流水望不休，应该看我钟情的眸子泪双流。今后我只能呆望流水泪不休，寄托着我不断的相思与悲愁。

【赏析】

本词调始见于李清照词。是从《列仙传》中弄玉和箫史故事取名。这首词当作于早期和赵明诚小别后。抒发了离别后思念的深情和独居的幽怨。上片写临别时彻宵不眠、晨起慵懒、心绪不宁、百无聊赖的哀愁。下片抒写别后独守、终日凝望苦盼的幽怨。全词按生活的逻辑自然展开，情意又随叙事脉脉流淌；叙事抒情曲折跌宕，表现了女主人公丰富而复杂的内心世界。

醉花阴

李清照

薄雾浓云愁永昼，瑞脑消金兽〔1〕。佳节又重阳，玉枕纱厨，半夜凉初透。　东篱把酒黄昏后〔2〕，有暗香盈袖〔3〕。莫道不消魂，帘卷西风，人比黄花瘦〔4〕。

【注释】

〔1〕永昼：长长的白天。瑞脑：一种叫龙脑的香料。金兽：兽形的铜香炉。

〔2〕东篱：指种菊花的花圃。

〔3〕暗香：幽香。

〔4〕黄花：菊花。

【译文】

整个白天都被薄雾浓云笼罩，香炉里的瑞脑香一点点烧光。今日又是重阳佳节来到之时，半夜的凉气开始将被子浸透。黄昏我来到东篱下举杯独酌，菊花清淡的香气盈满了衣袖。千万不要说没有凄然伤神啊，每当西风将帷帘卷起的时候，人都要比那菊花还要消瘦呢。

【赏析】

此词别本题作“重阳”或“九日”。“每逢佳节倍思亲”，此时李清照夫妻暂时分离，思念之情绵绵不绝。上片开头写节日的无聊与闲愁，连香炉里的香料也懒得添加，让它消尽。一个“愁”字奠定了全词基调。后二句写重阳佳节的夜晚。一句“凉初透”，写尽半夜凉透的冷寂，凄清，给人以无限寂寞清冷苦况。下片写独自对酒赏菊以及内心的愁绪。开头二句似乎写得闲雅洒脱，能自得其乐，原也是良辰美景啊！就因为酒前花下少了一个人，于是有了下面的凄凉意境。“莫道”是突兀而来，三个句子三个层次：不消魂承上逆转，引出下句“西风”，使重阳佳节带上萧索的凄凉；最后推出“人比黄花瘦”的警句来，是重阳“愁”的归结。“瘦”是全词词眼，主题所在。以愁字起，以瘦字止，情思绵绵。后三句是传世名句。整首词无一字言情，却句句是刻骨铭心的情语，使人深深感知作者呼之欲出却欲言又止的感情，达到“此时无声胜有声”的艺术效果。

声声慢

李清照

寻寻觅觅，冷冷清清，凄凄惨惨戚戚〔1〕。乍暖还寒时候，最难将息〔2〕。三杯两盏淡酒，怎敌他、晚来风急。雁过也，正伤心，却是旧时相识。

满地黄花堆积，憔悴损、如今有谁堪摘？守着窗儿，独自怎生得黑〔3〕？梧桐更兼细雨，到黄昏、点点滴滴。这次第〔4〕，怎一个愁字了得？

【注释】

〔1〕寻寻觅觅：一种若有所失要把它找回来的心情。

〔2〕将息：休息，保养。

〔3〕怎生：怎么。

〔4〕这次第：这一连串的情况。

【译文】

整天都在寻觅一切清冷惨淡，我不由感到极度的哀伤凄凉。乍暖还寒的秋季最难以调养。饮三杯两盏淡酒怎能抵御它、傍晚之时来的冷风吹得紧急。向南避寒的大雁已飞过去了，伤心的是却原来是旧日相识。家中的后园中已开满了菊花，我因忧伤憔悴无心赏花惜花，如今花儿将败还有谁能采摘？静坐窗前独自熬到天色昏黑？桐梧凄凄细雨淋沥黄昏时分、那雨声还点点滴滴。此情此景，用一个愁字又怎么能说得够？

【赏析】

这是首脍炙人口的千古名篇。写作者历遭国破家亡、丧偶流离的愁苦悲惨。起首三句连用七对叠字，有排空而来的怨情，有“大珠小珠落玉盘”似的音乐效果。这样形成了冷清凄惨而悲戚的氛围笼罩全篇。在写法上也是独创。在这种凄凉的境况下，又是“乍暖还寒”的悲秋时节。虽有“淡酒”御寒，可又偏是“晚来风急”，真是雪上加霜，环境层层压迫，外力重重摧折，正是诗人历遭劫难、备受痛苦的形象写照。下片是在上片愁闷无法排遣后的触景生情。首三句写庭院景象的凄凉。次二句写室内永昼难度的孤寂。“梧桐”三句内外并举，物我相呼。最后“这次第”一言总括了上面种种惨淡景象，迸发出“怎一个愁字了得”的不解愁结。全词以突兀的开头，写愁云惨淡，继而借一些典型的凄凉物像，用舒缓婉曲

的絮语诉说愁情，一层层推进，将一“愁”字推出，用“怎一个”反问，将愁情推向高峰，让读者永不排解，感染力极强。其叠字之法，被誉为创格，视为工妙自然，多有仿效者。

念奴娇

李清照

萧条庭院，又斜风细雨[1]，重门须闭。宠柳娇花寒食近，种种恼人天气。险韵诗成[2]，扶头酒醒[3]，别是闲滋味。征鸿过尽，万千心事难寄。　　楼上几日春寒，帘垂四面，玉阑干慵倚。被冷香消新梦觉，不许愁人不起。清露晨流，新桐初引[4]，多少游春意。日高烟敛，更看今日晴未。

【注释】

〔1〕又：原作“有”，据别本改。

〔2〕险韵：用生僻的字做韵脚，叫险韵。

〔3〕扶头酒：使人易醉的酒。

〔4〕引：这里当生长解释。

【译文】

小小一个庭院冷落而又清寂，有斜斜的微风和细细的小雨，重门深户严严实实地关闭着。春光照耀弱柳娇花临近寒食，迎来种种令人烦恼的坏天气。拈得险韵也能够把诗歌作成，一口一口喝下烈酒使人欲醉，醒来却别是一种寂寞的滋味。向远处飞去的大雁已经过尽，我万千心事难以让它们托寄。小楼之上一连几日春寒料峭，就连四面的帘幕也垂得低低，我慵懒得不想去把栏杆凭倚。新梦醒来薰香消尽锦被凉透，不叫愁闷的人儿懒卧不起来。清清凉凉的露水在早晨流动，梧桐树刚抽出新嫩的芽和叶，竟然逼引出多少游春的意趣。日头高高升起雾一点点清散，我看看是不是真的晴了起来。

【赏析】

这首词别本题作“春恨”、“春情”等。此词为李清照前期春日闺情独处时的怀人之作。作者从一场春雨中引发出种种难以排解的愁绪。上片由春闲引发对远人的思念。首三句反复渲染环境的凄凉，从庭院到天气，又折回院里。次二句写本该是春光明媚游赏的寒食节，却受风雨阻挠，“恼人”不仅是天气，主要还是人的离去。“宠柳娇花”四字与《如梦令》中“绿肥红瘦”句都被公认为炼字的妙法，确简炼形象而情趣盎然。下片原应另设意境，而作者却用“云断山连”的画法作词，“楼上”三句与上片景物虽换了时空，但愁思却连绵不断。景物也两有联系，楼上接庭院，帘垂照应重门，慵倚也应细雨，可见结构之缜密。李清照作为婉约派词风的代表，尤以描写细腻、细中见情为特长，本词可见其功力。此词不沾不滞，忽喜忽悲，乍远又近，自然曲折，起伏跌宕，情景兼至，辞意并工，闺情绝品。

永 遇 乐

李清照

落日熔金〔1〕，暮云合璧，人在何处?染柳烟浓，吹梅笛怨〔2〕，春意知几许?元宵佳节，融和天气，次第岂无风雨〔3〕?来相召、香车宝马，谢他酒朋诗侣。

中州盛日〔4〕，闺门多暇，记得偏重三五〔5〕。铺翠冠儿，捻金雪柳〔6〕，簇带争济楚〔7〕。如今憔悴，风鬟雾鬓，怕见夜间出去。不如向帘儿底下，听人笑语。

【注释】

〔1〕熔金：形容落日的光辉呈现出像黄金那么鲜艳的颜色。

〔2〕吹梅笛怨：汉《横吹曲》有笛曲《梅花落》，吹时声音幽怨。

〔3〕次第：转眼间，接着。

〔4〕中州：指河南省，因为它是古代九州之中。这里借指汴京。

〔5〕三五：古人常称阴历十五为三五，这里指元宵节。

〔6〕铺翠二句：都是元宵应时装饰。

〔7〕簇带：即插戴满头的意思。宋时方言。济楚：齐整、漂亮。

【译文】

落日的余辉像熔化了的金子，傍晚的云彩像围合着的明月，我现在究竟是在什么地方呢？渲染柳色的烟雾渐渐地浓郁，笛子吹奏《梅花落》的怨曲，究竟谁能知道还有多少春意？正当元宵佳节日暖风和天气，转眼间难道不会有骤降风雨？有人来邀请我参加这般盛会、驾起宝马香车来接被我谢绝。难忘怀汴京繁盛的那段日子，闺门中的妇女多有闲暇游戏，记得特别偏爱正月十五那天。头上戴插着翠鸟羽毛的帽子，还有用美丽金线捻成的雪柳，打扮得整整齐齐漂漂亮亮的。到了如今形象容貌十分憔悴，乱发像风吹雾散也懒得梳理，怕人看见我于是就夜间出去。倒不如偷偷地守在帘儿底下，听听外面别人家的欢声笑语。

【赏析】

这首词是写作者晚年在临安的一段生活，作者用细致的笔墨追忆、缅怀汴京元宵节的欢乐情景，以与目前的凄凉心情相对照，在个人情感的抒写中，寄寓了对故国深切的眷恋，抒发了对于国事兴衰的沉痛感情。上片开始连下三个设问。第一个设问是问自己在何处?是明知故问，问的前提却是元宵夜夕阳西下玉兔东升之际，是“人约黄昏后”的良辰美景，一对比，便知作者有化不开的漂泊异乡的凄凉愁怀。第二个问也是在“染柳烟浓”的大好春光之后，先以听笛“怨”转，再问自己还有多少春意可享受，正反映了晚景凄凉的心情。第三个问也同样，用“岂无”递反，也反映出晚年生活动荡不安祸福莫测的忧患。最后三句写自己自甘寂寞的心灰意懒，可以感知作者几乎万念俱灰的心境。下片承“酒朋诗侣”而下，这些朋友是南渡前的旧知，于是引发“中州盛日”那时元宵的汴京城，和名门淑媛“争济楚”的繁华与欢乐。与“如今”三句形成今昔强烈对比。最后二句看似淡泊自守、不慕繁华，实则是满腹辛酸、一腔凄怨的总爆发。在平淡中见浓烈，于细微处见精神，正是李清照词的独特风格。这首词情景映衬，哀乐感交，己之身世与国之兴亡融在一起，雅俗之语交错，增强词的表现力。

词 人 谱

赵 佶

（1082—1135年），即宋徽宗。他政治上昏庸无能，生活上穷奢极侈，艺术上却多才多艺，书、画、词皆善。

范仲淹

（989—1052年），字希文，吴县（今江苏苏州）人。官至枢密副使、参知政事。在政治上他主张革新，为当时著名的政治家，为“庆历新政”的主持者之一。

张 先

（990—1078年），字子野，乌程（今浙江湖州)人。词与柳永齐名，而词风含蓄蕴藉，情味隽永，韵致高逸。有《安陆词》，又名《张子野词》。

晏 殊

（991—1055年），字同叔，临川（今江西抚州）人。词风承袭五代，受南唐冯延巳影响较深。晏殊词多为佳会宴游之余的消遣之作，有着浓厚的雍容华贵的气派，但其词不铺金缀玉而清雅婉丽，音韵和谐。有《珠玉集》。

韩 缜

（1019—1097年），字玉汝，河南杞县人。仁宗庆历二年（1042年）进士。英宗时任淮南转运使，神宗时知枢密院事，哲宗时拜尚书右仆射兼中书侍郎。存词一首。

宋 祁

（998—1062年），字子京，雍丘（今河南杞县）人。天圣初（1023年）与兄庠同举进士，排名第一，累迁工部尚书、翰林学士承旨。善诗文，曾与欧阳修同修《新唐书》。

柳 永

（1004—1053年），原名三变，字耆卿，崇安（今福建崇安县）人，宋仁宗朝进士，做过屯田员外郎，世称柳屯田，又因排行第七，亦称柳七。北宋大词家，在词史上有重要地位。他扩大了词境，所写内容不限于男女风月，尤工羁旅行役，佳作极多。

王安石

（1021—1086年），字介甫，号半山，临川（今江西抚州）人，北宋政治家，文学家，唐宋八大家之一。词风清新爽朗。

晏几道

（约1030—约1106年），字叔原，号小山，晏殊的幼子。仕宦不得志，词与晏殊齐名，号称“二晏”，其父称“大晏”，他称“小晏”。词凄婉清新，秀丽精工。

秦　观

（1049—1100年），字少游，一字太虚，号淮南居士，扬州高邮（今江苏高邮）人。“苏门四学士”之一，诗、文、词皆工，他的词艺术成就很高，柔丽典雅，情味深永，音律谐婉。词风上承柳永、晏几道，下开周邦彦、李清照。

晁补之

（1053—1110年），字无咎，号归来子，济州巨野（今属山东）人。文章温润典缛，亦工诗词。著有《鸡肋集》、《晁氏琴趣外编》。

周邦彦

(1057—1121年)，字美成，号清真居士，钱塘(今浙江杭州)人。词风典丽精工，形象丰满，格律严谨。今传《片玉集》，又名《清真集》。

贺　铸

（1052—1125年），字方回，号庆湖遗老。卫州共城（今河南辉县）人。词多刻画闺情离思，也有抒发怀才不遇之慨叹及纵酒狂放之作品。风格多样，情深语工。

张元干

（1091—1160年），字仲宗，号芦川居士，真隐山人。福建永福（永泰）人。早期受秦观、周邦彦影响，词风清新婉丽。南渡后，词作多以抗金为主题，变得慷慨激昂，豪放悲凉。有《芦川归来集》和《芦川词》传世。

叶梦得

（1077—1148年），字少蕴，号石林居士，苏州吴县（今属江苏）人。能诗工词，长于议论，词风早年婉丽，中年学东坡，晚岁简洁而时出雄杰。

欧阳修

（1002—1072年），字永叔，号醉翁，晚年又号六一居士，吉州永丰（今江西永丰）人。北宋诗文革新的领袖，名列唐宋八大家。其词与晏殊齐名，并称“晏欧”。他的词主要内容与晏殊相仿，多写恋情相思、酣歌醉舞、惜春赏花之类。但他的词比晏词更深婉缠绵、意境更浑融。

岳　飞

(1103—1141年)，字鹏举，相州汤阴（今属河南）人。南宋名将。因反对秦桧之和议投降，被秦桧以“莫须有”罪名杀害。孝宗时追谥武穆，宁宗时追封鄂王。

张孝祥

(1132—1169年)，字安国，号于湖居士，历阳乌江（今安徽和县乌江镇）人。善诗文，工词。词风豪放。著有《于湖居士文集》、《于湖词》。

韩元吉

(1118—1187年)，字无咎，号南涧，许昌（今属河南）人。官至吏部尚书，有政绩。曾与张元　、张孝祥、范成大、陆游、辛弃疾等以词唱和。

陆　游

(1125—1210年)，字务观，自号放翁。山阴（今浙江绍兴）人。一生主张抗战，曾投身军旅生活。官至宝章阁待制。晚年隐居山阴。是著名诗人，亦工词。

陈　亮

(1143—1194年)，字同甫，号龙川，婺州永康（今属浙江）人。因力主抗金，反对和议，曾遭忌被诬入狱。词风豪迈，与辛弃疾唱和较多。有《龙川文集》、《龙川词》。

范成大

(1126—1193年)，字致能，号石湖居士，苏州吴县(今属江苏)人。诗多关心时政民生之作。词风清逸淡远。著有《石湖居士诗集》、《石湖词》等。

辛弃疾

(1140—1207年)，字幼安，号稼轩，历城（今山东济南）人。一生力主抗战北伐，提出许多有关方略，均未被采纳。词风慷慨悲壮，有不可一世之概。

姜　夔

(约1155—约1221)，字尧章，号白石道人，鄱阳（今江西波阳）人。终生不第，卒于杭州。工诗，尤以词称。有《白石道人诗集》等。

史达祖

字邦卿，号梅溪，汴（今河南开封）人。其词以咏物逼真著称，亦有感慨国事之作。有《梅溪词》传世。

刘克庄

（1187—1269年），字潜夫，号后村居士。莆田（今属福建）人。诗词多感慨时事之作，是南宋江湖诗人和辛派词人的重要作家。词风粗豪肆放，慷慨激越。

吴文英

（约1200—1260年），字君特，号梦窗，晚号觉翁，本姓翁氏，入继吴氏，四明（今浙江鄞县）人。知音律，能自度曲，词名极重。有《梦窗甲乙丙丁稿》传世。

苏　轼

（1036—1101年），字子瞻，号东坡居士，眉山（今四川眉山）人。北宋文坛领袖，散文与欧阳修并称“欧苏”，是唐宋八大家之一；诗歌与黄庭坚并称“苏黄”，词与辛弃疾并称“苏辛”。苏轼词创造了多种风格，除传统的婉约清丽外，他的词或清旷、或雄放、或凝重、或空灵，佳作极多，对后世影响极为深远。

周　密

（1232—约1298年），字公谨，号草窗，洲、四水潜夫、弁阳老人等，原籍济南（今属山东），后居吴兴（今浙江湖州市）。能诗词，善书画，词讲究格律。

李清照

（1084—1155年），自号易安居士。济南章丘（今属山东）人。出身于书香仕宦之家，自幼博通诗书，才力华赡。十八岁与太学生赵明诚结为伉俪，情趣相投。靖康之变后，北宋覆亡，李清照随夫南渡。李清照词早年多写闺中生活情趣，词风清新俊秀；南渡后多写身世之痛和时世之悲，词风趋于凄咽悲楚。